Classiques & Contemporains

Les Aventures extraordinaires d'Adèle Blanc-Sec

Le roman du film de Luc Besson par Benjamin Legrand d'après l'œuvre de Tardi

Présentation, notes, questions et après-texte établis par

JULIE BAUMERT
professeur de Lettres

MAGNARD

Sommaire

ADÈLE BLANC-SEC

Une aventurière moderne

C'est en 1976, sous la plume du dessinateur et scénariste Jacques Tardi, que naît le personnage de bande dessinée Adèle Blanc-Sec. Parisienne du début du XXe siècle, à la moue emblématique, au caractère bien trempé et au langage franc, elle apparaît comme un nouveau type de personnage, en contraste avec le stéréotype du héros traditionnel exemplaire. Le lecteur la rencontre pour la première fois dans l'album intitulé *Adèle et la bête*, dans lequel elle cherche à éclaircir une affaire de monstre volant qui terrorise Paris. Il s'agit, bien sûr, de l'histoire du ptérodactyle sur laquelle s'appuiera le scénario du film de Luc Besson présenté ici, *Les Aventures extraordinaires d'Adèle Blanc-Sec*. Au cours des neuf tomes que constitue la série de bandes dessinées, le lecteur découvre une héroïne inscrite dans une réalité historique que Tardi prend soin de reconstituer : depuis Paris du début du siècle avec ses rues, ses nouvelles inventions – l'automobile et le téléphone –, en passant par les découvertes du bout du monde, les tranchées de la Première Guerre mondiale et ses questionnements sociaux et politiques, jusqu'à la période d'après-guerre. C'est ainsi qu'Adèle croisera le soldat Lucien Brindavoine, autre personnage central de l'imaginaire de Tardi, au cours de certaines aventures.

De la bande dessinée au cinéma

L'aventure, c'est peut-être ce qui définit le mieux le scénario qui suit et qui caractérise Adèle Blanc-Sec ; c'est aussi ce qui relie le mieux l'univers de la bande dessinée de Jacques Tardi à celui du cinéma de Luc Besson. En effet, le scénario ne s'appuie pas sur un seul tome de la bande dessinée de Tardi, mais sur plusieurs fils narratifs de tomes divers (notamment le tome 1, *Adèle et la bête*, et le tome 4, *Momies en folie*). Il condense ainsi plusieurs volets de la série, afin de faire ressortir le côté aventurier de l'héroïne et les épreuves et péripéties auxquelles elle est confrontée. On entre alors dans un monde extraordinaire, dans lequel le quotidien est ponctué d'événements surnaturels. Dans cette perspective, le scénario et le film prennent le parti de l'aventure, en choisissant de camper le décor du film sur deux plans : le Paris historique de la Belle Époque et l'Égypte, terre de découvertes et de mystères qui fascine encore aujourd'hui. Confrontée aux monstres et aux opposants de toutes sortes mais toujours aussi directe et rusée, Adèle Blanc-Sec devient une sorte d'Indiana Jones au féminin, qui n'a pas froid aux yeux et se joue des conventions sociales. L'héroïne, incarnée à l'écran par la stimulante Louise Bourgoin, se charge en outre d'une histoire personnelle sensible qui module et approfondit le personnage initial de Jacques Tardi. Tous les ingrédients sont alors réunis pour rendre Adèle Blanc-Sec encore plus attachante et nous permettre de suivre avec appétit ses aventures incroyables !

Les Aventures extraordinaires d'Adèle Blanc-Sec

Le roman du film de Luc Besson
par Benjamin Legrand
d'après l'œuvre de Tardi

1

Où les choses commencent mal
pour le premier témoin
de ces aventures extraordinaires,
et un peu mieux pour un futur secrétaire d'État…
Quoique…

Il est deux heures du matin, en cet hiver 1911, et Ferdinand Choupard, la cinquantaine rondouillarde et la moustache fière, traverse l'air glacé de la place de la Concorde en direction de la rue de Rivoli. Ferdinand Choupard est un personnage très secondaire de cette histoire, mais enfin, c'est avec lui que cette aventure d'Adèle Blanc-Sec commence, et c'est tout à son honneur, même si dans quelques instants, il va connaître la plus grosse surprise de sa vie…

Ferdinand Choupard marche donc, pas très droit, sur le pavé glacial de cette nuit parisienne. Son épais manteau le protège du froid qui balaye la vaste place déserte, et il a beau tenter de rester digne, sa démarche hésitante trahit un état d'ébriété[1] quelque peu avancé. Il faut dire qu'après un excellent dîner fort bien arrosé et couronné d'un Armagnac de 1885, Choupard vient en effet de passer le reste de sa soirée à jouer au whist[2], jeu de cartes très à la mode dernièrement, en sirotant un merveilleux whisky douze ans d'âge. Les lumières des fontaines et les réverbères éclairent de loin en loin la vaste place qui entoure l'obélisque[3]. Ferdinand Choupard a une pensée émue pour Napoléon qui a

1. État d'ivresse.
2. Jeu de cartes qui se joue entre quatre personnes, ancêtre du bridge.
3. Monument égyptien, en forme de pique élevée, couvert de hiéroglyphes s'élevant à Paris sur la place de la Concorde.

ramené cette merveille lointaine au péril de sa vie. Ferdinand Choupard a toujours beaucoup admiré l'Empereur. Mais en regardant l'obélisque, qu'il voit se dédoubler légèrement, notre bon bourgeois ignore à quel point l'Égypte va jouer un rôle dans cette histoire. Et s'il le savait, il prendrait un autre chemin.

La place de la Concorde est quasiment vide. Sur sa droite, et au-dessus de lui, les fenêtres du ministère de la Guerre et du ministère de la Marine sont éteintes, signe d'un calme international plutôt agréable, mais qui ne durera pas. En face de Choupard, la rue de Rivoli[1] aussi est déserte. Pas un piéton, pas un sapin, pas une automobile pétaradant à l'horizon.

Pourtant, à exactement 1857 mètres de la rue de Rivoli, la fête bat son plein.

Sur la scène des Folies-Montmartre[2], Nicole Gambert, plus connue sous le pseudonyme de Nini-les-Gambettes, s'en donne à cœur joie. Dans un délire de musique effrénée, sous les lumières éclatantes, Nini-les-Gambettes[3] rayonne de ses vingt-cinq ans, dansant le french cancan comme personne, au point d'en rendre jalouses les autres filles de la revue, qui peinent un peu à la suivre.

Des gouttes de sueur perlent à son front, tandis que son sourire inonde l'assistance enthousiasmée.

Elle ignore que, dans son dictionnaire de la danse, un érudit[4] écrivait

1. Rue du centre de Paris longeant le Louvre.
2. Cabaret de music-hall parisien situé à Montmartre, quartier du nord de Paris.
3. Danseuse de cancan parisienne de la fin du XIXe siècle, appelée aussi Nini Pattes-en-l'air.
4. Savant.

déjà en 1830, à propos du cancan la définition suivante : « On a donné ce nom à une sorte de danse épileptique ou de delirium tremens[1] ; qui est à la danse proprement dite ce que l'argot est à la langue française. »

Nini s'en fiche. Elle danse. Mieux et plus vivement que toutes celles qui l'entourent et la jalousent.

Une autre version donne pour origine au cancan, également appelé coin-coin, la danse pratiquée dans leurs fêtes par les blanchisseuses de Montmartre. Et cette légende voudrait que sous leurs dizaines de jupons accumulés, les danseuses aient porté des culottes fendues. Nini pourrait le savoir, puisqu'elle est née sur la butte. Mais elle danse, et elle danse pour celui qui lui envoie des fleurs depuis quinze jours, tous les soirs.

Or, l'expression *french cancan* est en réalité une fabrication touristique d'origine anglaise, concoctée à partir du cancan original par quelques lords amateurs de plaisirs.

Nini-les-Gambettes se fiche des lords et du reste, elle exécute avec brio toutes les figures, plutôt d'inspiration militaire, le *port d'armes*, la *mitraillette*, l'*assaut*, le *pas de charge*, ou inspirées de jeux enfantins : le *saute-mouton*, les *petits chiens*, etc.

La provocation mêlée de complicité fait fureur, tandis que la musique tonitruante enflamme la salle, et va crescendo, de plus en plus fort et de plus en plus vite…

Les danseuses s'agitent frénétiquement, leurs jambes se lèvent dans une envolée de jupons, et soudain elles s'abattent toutes, l'une après l'autre, en rang, pour le grand écart final…

Nini-les-Gambettes salue, avec toutes les filles alignées autour d'elle.

Le public est debout, extatique. C'est un triomphe. Les spectateurs applaudissent à tout rompre et scandent « Une autre ! Une autre ! » La

1. Maladie mentale, folie.

grande majorité est composée de provinciaux venus s'encanailler[1] « à la capitale ». Certains, hilares, agitent même une banderole où l'on peut lire : « Limousin. »

Tous les soirs, c'est le même triomphe pour Nini et les jalouses qui l'entourent, et tous les soirs depuis maintenant près d'un mois, Raymond Pointrenaud, ancien préfet de l'Orne, vient fêter aux Folies-Montmartre sa nomination parisienne en tant que secrétaire d'État aux Affaires étrangères. Il a cinquante-trois ans et n'a d'yeux que pour la jeune Nini.

Dans le tonnerre des applaudissements, le vacarme des rappels et des ovations qui ne cessent pas, un serveur se glisse avec difficulté entre les danseuses qui saluent toujours, pour remettre une coupe de champagne à Nini-les-Gambettes. Aux premières loges, Raymond Pointrenaud lève une coupe de champagne vers la scène. La danseuse vedette lève la sienne en lui lançant un sourire ravageur. Raymond lui répond aussi par un sourire, nettement plus carnassier[2]…

Dans la pénombre de la rue de Rivoli déserte, quelque vingt minutes plus tard, l'état d'ivresse avancée de Ferdinand Choupard ne lui a permis de couvrir que les 953 mètres séparant la place de la Concorde de la place des Pyramides. Pourquoi cette place a-t-elle été dénommée ainsi ? Sans doute à cause de Napoléon Ier. Mais il n'y a aucune pyramide en vue… Juste la statue de Jeanne d'Arc.

Choupard sait qu'il a beaucoup abusé de diverses boissons et,

1. Se débaucher.
2. Prêt à dévorer.

malheureusement, il a une envie pressante, ce qui ne l'aide pas à marcher. Afin d'augmenter sa cadence pour arriver chez lui avant le lever du jour, il décide de se soulager. Il s'arrête face à la statue de Jeanne, jette des regards flous mais inquiets alentour : personne. Ouf…

Satisfait de cette solitude providentielle, il peine à ouvrir sa braguette et commence à uriner au pied de la statue. Il pousse un grand soupir de soulagement, mais Jeanne reste de marbre sous son armure de bronze. Choupard lève les yeux vers elle, toute fière sur son cheval de bataille.

– Fais pas ta pucelle, marmonne Ferdinand, je suis sûr que t'en as vu d'autres !

Il se met à ricaner bêtement de sa propre plaisanterie grivoise[1]. C'est sans doute cela qu'on appelle l'effet douze ans d'âge.

Mais tout à coup, malgré son ébriété, Ferdinand Choupard sent comme un frisson le parcourir. Et ce n'est pas le froid. Il ne comprend pas bien, mais il se passe quelque chose d'inhabituel. Des lueurs étranges apparaissent progressivement dans son champ de vision, grandissent comme un genre d'aurores boréales[2] miniatures. Les voilà qui entourent lentement la statue ! Ces formes colorées diaboliques se mettent à onduler, à rougeoyer, de plus en plus vite, de plus en plus fort, et bientôt ce sont comme des flammes géantes qui semblent embraser la pucelle d'Orléans !

Effaré[3] et en proie à une panique totale, Choupard recule en titubant, murmurant un « Mon Dieu ! » que personne n'est là pour entendre, sauf peut-être l'intéressé.

Par pur réflexe, Choupard range son oiseau en catastrophe et part en courant vers le Louvre, laissant Jeanne à son destin.

---

1. Blague obscène.
2. Phénomènes lumineux colorant le ciel dans les régions proches du pôle Nord.
3. Très étonné.

Mais les visions de Ferdinand Choupard ne sont pas seulement dues à l'alcool. Il y a bien là un effet d'optique, dû à la position choisie pour se soulager. Car s'il s'était installé quelques mètres plus à gauche, ou plus à droite, il aurait pu constater que Jeanne n'était pas une nouvelle fois en proie aux flammes, mais qu'il était bien lui, Choupard, victime d'une illusion d'optique lumineuse. Un peu comme si l'on pouvait projeter de ces films du cinématographe de Monsieur Méliès, sans écran, et en couleurs autour de la statue de la Sainte!

Ces lueurs endiablées proviennent en réalité du quatrième étage de l'immeuble faisant le coin de la rue des Pyramides. Et elles persistent! Tandis que disparaît au loin l'écho des pas affolés du pauvre Ferdinand, il n'y a plus personne pour constater que ces lueurs intenses et silencieuses viennent des fenêtres d'un appartement. Et plus précisément, de l'appartement de Monsieur Marie-Joseph Espérandieu.

2

Y a-t-il une vie après la mort,
ou ne serait-ce pas l'inverse ?

Ce qui se passe au quatrième étage aurait sans doute paniqué bien davantage le pauvre Choupard. L'étrange Marie-Joseph Espérandieu est sans âge. Son visage est un tissu de rides presque parcheminé, mais ses yeux sont profonds, illuminés d'une étincelle quasi mystique. Il est assis sur son fauteuil au milieu de son salon, ses mains aux veines gonflées par l'âge sont crispées sur les accoudoirs. À un mètre du sol, une multitude d'objets flottent en l'air et tournent autour de lui, de plus en plus vite, en dégageant une lumière impressionnante et multicolore qui passe par les fenêtres et illumine la place et Jeanne d'Arc, en dessous. Statuettes, livres anciens, médaillons, os, miniatures, coupelles, tablettes gravées d'écriture cunéiforme, objets magiques ramenés de contrées africaines, amulettes égyptiennes ou assyriennes... Tout tourne... Et au fur et à mesure que ces objets accélèrent, tourbillonnant de plus en plus vite, une sorte d'ouragan miniature se forme dans son salon, accompagné de lumières extraordinaires. Espérandieu se recroqueville sur son siège, il est en transe[1], les yeux extatiques.

Cet éminent[2] scientifique, spécialiste de l'Égypte ancienne, a obtenu sa licence de physique à l'âge de seize ans, quelque part au début du XIXe siècle. Très vite, il a commencé ses recherches, qui ont trouvé leur apogée trente-cinq ans plus tard, sous la forme d'un ouvrage sorti en

---

1. En extase, transporté par l'émotion.
2. Important, reconnu.

librairie de manière très confidentielle sous le titre évocateur de « Y a-t-il une vie après la mort ? »

D'un seul coup, toutes les lumières s'éteignent. Les objets anciens et disparates tombent au sol et Marie-Joseph Espérandieu ne bouge plus. Du tout.

Au même instant, au Jardin des plantes, des animaux en tout genre ne se posent plus la question : dans la grande salle de paléontologie, les squelettes de dinosaures et autres animaux naturalisés semblent dormir pour l'éternité. D'immenses sauriens[1] effrayants se dressent sous les verrières obscurcies par la nuit et luisent d'une couleur blafarde. Un mammouth empaillé semble prêt à foncer dans ces tas d'os, comme un éléphant dans un magasin de porcelaine. Tout est absolument silencieux.

Mais, sur le côté, à 47 mètres exactement, un incroyable événement va se produire, un être va bousculer toutes les lois de la science et de l'entendement en donnant enfin une réponse à notre éminent savant recroquevillé dans son fauteuil rue des Pyramides.

À 47 mètres donc, un très gros œuf est posé sur un trépied métallique dans une grande vitrine au socle d'acajou. Sa coquille blanchâtre luit d'un rayon de lune. Mais… On dirait qu'elle remue. Oui, l'œuf semble vibrer quelque peu sur son support. Et la coquille commence à se fendiller !

C'est un œuf de ptérodactyle de 98 centimètres de haut, découvert

1. Reptiles.

en Mongolie-Extérieure et offert à la France pour l'Exposition universelle de 1900, et arrivé à Paris avec cinq ans de retard, pour cause de diverses difficultés de transport entre autres, mais trêve de digressions ! Après 136 millions d'années passées dans sa coquille et près de sept ans dans une vitrine, un être épouvantable va enfin voir le jour, car la coquille se fendille davantage, un morceau tombe et un œil, un œil terrible apparaît, scrutant l'extérieur, la salle vide et silencieuse bleutée par la lune.

Puis la tête entière soulève un gros morceau de coquille, qui tombe comme le couvercle d'un œuf à la coque et la silhouette monstrueuse d'un jeune ptérodactyle apparaît.

Toujours recroquevillé dans son fauteuil, le professeur Marie-Joseph Espérandieu redresse soudain la tête et ouvre un œil, scrutant la pièce, exactement comme le ptérodactyle qui vient de naître au Jardin des plantes. À croire que ces deux corps radicalement différents sont mystérieusement liés entre eux, comme s'ils n'obéissaient qu'à un seul esprit.

Espérandieu commence à bouger les épaules.

Dans sa vitrine, le ptérodactyle agite ses membres et brise un peu plus sa coquille protectrice. Il remue assez vivement et parvient à déplier légèrement les ailes démesurées qui l'encombrent et qu'il ne manie pas encore très bien. Mais cela ne va pas tarder, car l'instinct animal donne à tous les nouveau-nés, sauf aux hommes, la faculté d'apprendre très rapidement à se mouvoir.

Espérandieu déplie ses bras, aussi gauchement que le ptérodactyle ses ailes. Puis il les agite, avec plus de conviction. Mais une grimace contrariée tord son visage sans âge.

On dirait que quelque chose le bloque, l'oppresse, comme s'il était enfermé.

Ce sont les vitres qui enferment les débris de l'œuf et l'animal qui en est sorti. Le reptile volant s'affole et frappe soudain la vitrine d'un grand coup de bec. Le bruit de verre brisé résonne dans le silence. L'animal saute à terre, de moins en moins maladroit, et regarde autour de lui avec ses gros yeux aux mouvements quasi mécaniques.

Il aperçoit une grande peinture encadrée de moulures dorées, une vue d'artiste très dramatique représentant ses parents en plein vol au-dessus de volcans du jurassique[1] en éruption. Il la regarde et, pendant une fraction de seconde, l'on pourrait imaginer qu'il est ému par cette vision empreinte d'une nostalgie incommensurable. Mais il déploie gauchement ses grandes ailes et fait ses premiers battements sous l'immense verrière du Muséum, tandis qu'Espérandieu, la mine soudain réjouie, bat des bras dans son salon franchement plus petit.

Le reptile s'envole maladroitement, prend de l'assurance, et tournoie dans ce vaste espace, évitant les immenses squelettes qui se dressent presque jusqu'au plafond vitré. Son instinct le pousse à la recherche

1. Période géologique précédant le crétacé.

d'une sortie. En vain. Apercevant la lune et imaginant la verrière à peine plus résistante que sa vitrine, il fonce vers le toit et pulvérise un morceau du plafond de verre.

Dans son salon, Espérandieu se contorsionne un peu dans son fauteuil, puis retrouve un équilibre avant de reprendre son vol imaginaire. Le ptérodactyle, lui, a pris son véritable envol et il s'élance au-dessus de la capitale. La pleine lune fait étinceler la Seine et découpe la silhouette de ce monstre issu du fond des âges.

Le regard ivre de bonheur, Espérandieu bat des bras dans son appartement. Il se met progressivement à rire, comme s'il n'en revenait pas d'avoir réussi. Son rire devient fou, malade, délirant, préhistorique…

Il résonne en écho sur le vol du ptérodactyle qui surplombe les toits de Paris. Et le vol du saurien passe devant une fenêtre éclairée à cette heure tardive, sans que l'occupant de cet appartement ne le voie. Est-ce enfin l'appartement d'Adèle Blanc-Sec ?

3

Froufrous[1]*, poésie, sexe et épouvante,*
juste avant un appel aux cieux...
Même la police est dépassée...

Non, ce n'est pas l'appartement d'Adèle, loin de là. Notre héroïne se fait attendre...

L'occupant des lieux – un modeste trois-pièces cuisine – est un homme d'une quarantaine d'années, aux oreilles bien décollées et à la moustache suggestive, qui ronfle tout habillé au fond d'un gros fauteuil.

Alors que l'expérience la plus incroyable de ce début de siècle est en train de se produire sous nos yeux, l'inspecteur Albert Caponi a les siens fermés et, malgré les apparences, il ne dort que depuis deux minutes. Il revient à peine d'une mission où il a veillé toute la nuit, devant les entrepôts de la Seine, persuadé que le gang des Puisatiers profiterait de la pleine lune pour dérober de la marchandise, comme il l'a déjà fait à cinq reprises. Mais le froid et les nuits blanches à répétition ont eu raison de l'inspecteur et il s'est écroulé dans son fauteuil, la fenêtre grande ouverte sur l'air glacé. Il a juste eu le temps d'enlever ses chaussures, qu'il tient encore à la main, mais pas d'atteindre son lit qui n'est pas défait.

Évidemment, si l'inspecteur Caponi avait vu passer le ptérodactyle, le cours de l'histoire aurait été bien différent, mais pour l'instant, personne ne reprochera ces deux minutes de sommeil à ce policier dont la loyauté et la persévérance lui ont valu, par le passé, bon nombre de distinctions. Notamment la médaille du Mérite qui lui a été attribuée pour

1. Pièces de tissu superposées formant les robes.

avoir élucidé avec succès le mystère des disparus de l'asile de Dreux. Médaille qu'il a reçue, comme on le voit sur une photographie encadrée posée sur sa table de nuit, de la main même du préfet de l'Orne de l'époque : Raymond Pointrenaud.

Et justement, Raymond Pointrenaud ne dort pas, lui. L'ancien préfet, tout juste nommé secrétaire d'État aux Affaires étrangères est à l'arrière de sa voiture avec chauffeur qui traverse la ville déserte, et ça chahute pas mal à l'arrière car Raymond est vautré sur Nini-les-Gambettes.

– Arrêtez, Raymond, vous me chatouillez, dit-elle en riant aux éclats.

– Et vous, Nicole ! ça fait un mois que vous me chatouillez à me montrer vos jambes pleines de froufrous ! Un mois que je rêve de voir où elles se croisent !

Nini rit de plus belle, tandis qu'il essaye de lui écarter les jambes. Le chauffeur jette un œil vers l'arrière.

– Arrêtez, le chauffeur nous regarde, murmure Nini avec un regard coquin.

– Que d'un œil, ma chère, je vous assure ! L'autre est sur la route !

Le tout nouveau secrétaire d'État embrasse sa danseuse avec fougue tout en essayant de la déshabiller d'une main. Nini-les-Gambettes commence à s'effriter et le chauffeur ramasse les miettes.

– Un œil, peut-être, mais celui-ci en vaut bien deux ! réussit à dire Nini quand le baiser s'arrête enfin.

– Laissez-lui ce plaisir, réplique Raymond qui ne lâche rien. Comme les milliers d'yeux qui vous admirent tous les soirs ! Qui vous dévorent !

– Raymond ! Vos mots m'ensorcellent ! dit-elle, entre rire et plaisir, je ne sais pas si… nous…

– Laissez-vous faire, ma fleur ! Laissez mon oiseau se poser sur vos branches !

– Arrêtez ! dit-elle, éperdue. Vous m'affolez ! La poésie m'excite plus que tout !

Raymond profite de cet aveu soudain pour se caler afin d'honorer sa compagne.

– Vraiment ? dit-il, du ton fébrile d'un poète excité.

– Oui, susurre Nini qui s'abandonne.

Et tout en entrant dans le vif de la chose, Raymond déclame, d'une voix qu'il voudrait inspirée du summum[1] de l'art poétique :

– Alors que la nuit s'éloigne en proie au chagrin
Un beau soleil rougit des lueurs du matin,
La sève gonfle dans la branche prête à fleurir
Et du nid douillet, l'oiseau va bientôt sortir.

La danseuse est au comble de l'excitation et s'apprête à jouir, quand soudain le ptérodactyle surgit, tombant du ciel noir vers l'étrange proie que constitue cette voiture solitaire. Il vient percuter le pare-brise qui explose dans un fracas terrible.

Le cri que Nini-les-Gambettes s'apprêtait à pousser se transforme en hurlement de terreur, d'horreur épouvantable et ancestrale partagée par les autres occupants de la voiture. Sous leurs yeux effarés, le reptile volant dégage son long bec du pare-brise et s'envole. Le chauffeur, blessé par les éclats de verre, a du mal à garder le contrôle de sa voiture qui s'engage sur le pont.

Le ptérodactyle fait demi-tour dans le ciel noir et fonce à nouveau

---

1. Point le plus élevé.

vers l'automobile, qu'il prend à l'évidence pour un iguanodon[1], un ennemi ou une proie facile en tout cas, isolée qu'elle est sur ce pont désert mais bien éclairé.

Le monstre volant pique à nouveau sur la voiture, s'abat dessus et se met à arracher la capote avec ses serres[2].

Épouvantée, Nini-les-Gambettes agite les bras en l'air comme si elle pouvait chasser ce monstre, et Raymond fait ce qu'il peut pour la calmer. Le chauffeur a du sang plein les yeux et la voiture zigzague dangereusement, jusqu'à foncer droit sur le parapet[3] du pont, qu'elle défonce avant de passer par-dessus bord pour s'abîmer[4] dans les eaux froides et sombres de la Seine…

Sur le pont désert, cette scène effroyable a pourtant eu un témoin : ce bon gros Ferdinand Choupard, qui s'apprêtait à franchir la Seine. Il ne savait pas qu'en s'essoufflant à fuir Jeanne d'Arc et ses lumières diaboliques il allait tomber sur un ptérodactyle en furie !

Et cette scène a sans doute eu d'autres témoins, un sergent de ville en patrouille nocturne, probablement, car le téléphone sonne soudain dans l'appartement de l'inspecteur Caponi, avec un bruit très désagréa-

1. Dinosaure reptilien.
2. Griffes des rapaces.
3. Balustrade.
4. Couler.

ble, d'ailleurs. Caponi sort de ses huit minutes de sommeil, la gueule de travers, expédiant par pur réflexe ses chaussures à l'autre bout de la pièce. Il a un ou plusieurs chats dans la gorge quand il réussit à décrocher le combiné pour répondre, et interrompre enfin cette sonnerie infernale qui lui vrille[1] la tête.

– Caponi, j'écoute… Hein ? Comment ça, dans la Seine ?

La voiture du tout nouveau secrétaire d'État aux Affaires étrangères s'étale effectivement sur le fleuve et il ne faut que quelques secondes aux eaux noires et tumultueuses pour engloutir l'automobile et ses occupants. Ferdinand Choupard a tout vu, mais ce n'est pas lui qui a téléphoné, car il n'a pas bougé le petit doigt, tétanisé par l'épouvante. Mais la peur et le froid semblent le dégriser quelque peu car il ouvre la bouche et dit :

– Oh mon Dieu !

L'inspecteur Caponi est immobile, en chaussettes, devant son lit non défait, le combiné à la main, l'air effaré d'entendre ce que raconte son correspondant.

– Oh mon Dieu… dit-il d'une voix blanche.

1. Transperce.

Dans son appartement, le professeur Espérandieu laisse retomber ses bras d'un air désespéré. Il vient de perdre le contrôle précaire qu'il avait sur le ptérodactyle. L'animal est désormais lâché sur la ville.

– Oh mon Dieu ! murmure le vieux professeur…

4

Malgré ces événements dramatiques,
toujours pas d'Adèle Blanc-Sec en vue… Quoique…

– Oh mon Dieu, soupire également un jeune homme d'environ vingt-cinq ans, assis devant un petit bureau avec un crayon à la main.

Il a la tête légèrement levée vers la fenêtre, comme un poète (qu'on espère meilleur que l'ex-préfet Raymond Pointrenaud !) qui chercherait l'inspiration dans les derniers reflets de la lune sur les toits de Paris.

– Oh, mon Dieu, aidez-moi à trouver les mots !

Sa prière achevée, il pose la pointe de son crayon sur la feuille blanche qui s'étale devant lui comme une carte de tous les possibles, et se met à écrire.

Ce jeune homme est lui aussi un scientifique. Bien modeste, il est vrai, puis qu'il n'est qu'assistant et travaille depuis plus d'un an au Jardin des plantes. Il s'appelle Andrej Zborowsky, il a vingt-sept ans, et un air juvénile qui lui pose problème.

D'ailleurs, il chiffonne la feuille de papier sur laquelle il n'a presque rien écrit, la jette à la poubelle et se concentre à nouveau.

Car la Science, avec un grand S, n'est pas sa seule passion. Il en a une autre, bien plus dévorante, et qui lui a coûté, depuis le début de l'année, pas moins de deux rames de cinq cents feuilles de 45 grammes, un nombre assez considérable d'enveloppes et autant de timbres…

Zborowsky écrit sur sa nouvelle feuille blanche : « Chère Mademoiselle Adèle… »

Puis il s'interrompt et, comme le font les solitaires, ou les doux dingues, il se met à parler tout haut, comme s'il s'adressait à son reflet dans une psyché rococo[1], objet qui n'existe pas dans son étroit appartement de jeune célibataire.

– Et si jamais elle était mariée ? Ou pire encore… veuve ?

Le jeune Andrej chiffonne à nouveau sa feuille et la balance à la poubelle, corbeille qui est presque pleine, signe que l'inspiration ne vient pas vraiment. Car, comme on le devine aisément maintenant, la seconde passion d'Andrej Zborowsky – qu'il place bien loin devant la Science, même avec un grand S – est celle qu'il éprouve pour Mademoiselle ADÈLE BLANC-SEC. Il faudrait d'ailleurs toute la science du monde pour expliquer comment ce jeune homme, au demeurant parfaitement constitué, a pu tomber fou amoureux en quatre secondes…

Il n'en faut qu'une, seconde, pour que le jeune Andrej reparte dans la rêverie qui l'obnubile[2] depuis des semaines, et c'est une bien étrange entrée en scène pour Adèle que d'être ainsi imaginée par un amoureux transi.

Andrej la revoit, comme si c'était hier, dans cet hôtel sous les arcades du Jardin du Palais-Royal. Adèle est là, assise à une table. Elle relève sa jolie tête et fait un merveilleux sourire sous son élégant chapeau. Elle dit : « C'est pour qui ? »

Elle est en train de dédicacer son dernier livre. C'est d'ailleurs ce que fait tout le monde autour d'elle, puisque le salon de ce bel hôtel est réservé pour cet événement. Mais Andrej n'a d'yeux que pour elle. Il en bégaie d'admiration, gauche et figé comme une poule devant un œuf en or.

– Zvorosky… Bozvory… Morowsky…

– Un prénom, peut-être ? sourit Adèle.

---

1. Grand miroir inclinable à la décoration chargée.
2. Obsède.

Andrej secoue la tête comme un demeuré.

–... Qui est ? demande patiemment Adèle.

– Ah... euh... Andrej, avec un J comme Jardin.

Adèle écrit un petit mot sur la page de garde et lui tend le livre avec un de ces petits sourires en coin dont elle a le secret et qui veulent dire ou laisser imaginer tant de choses...

Debout dans la pénombre de son salon, Andrej semble prendre l'ouvrage des mains d'Adèle tant il revit véritablement cette scène. Il balbutie un « Merci ». Puis il ouvre le livre et regarde la dédicace :

Pour Andrej avec un J comme jardin.

Notre amoureux sourit à la dédicace comme s'il s'agissait d'une déclaration d'amour. Il pose le livre sur sa table. Sur la couverture, on peut lire : *Le Monstre des glaces*, par Adèle Blanc-Sec.

Eh oui, Andrej Zborowsky est définitivement perdu pour la Science.

Quant à notre héroïne, dont le sens de l'humour n'a pu vous échapper, elle est déjà partie vers de nouvelles aventures, moins monstrueuses et moins glacées, puisque son éditeur l'a envoyée au Pérou afin de percer le secret des derniers Incas !

5

Où Adèle fait vraiment son entrée en scène
là où justement on ne l'attendait pas…
Sauf certaines personnes…

Il doit y avoir un problème parce qu'en fait de Pérou, on est plutôt en Égypte, comme en témoignent le Sphinx[1] et les pyramides au loin, le sable, la pierre et le soleil brûlant. Il y a une chose qu'il faut savoir sur Adèle Blanc-Sec, si l'on veut bien cerner son personnage : elle écoute toujours son instinct et jamais son éditeur.

Adèle est donc en Égypte, à dos de chameau, vêtue d'une tenue élégante et appropriée au désert, longue jupe-culotte et veste de toile sur un chemisier, et son chapeau colonial est surmonté d'une ample gaze[2] de soie blanche qui fait moustiquaire et voile contre le sable. Mais pour l'instant, rien ne permet de dévoiler les raisons de sa présence sur cette terre brûlante pétrie de millénaires de souvenirs et d'empires disparus. Elle se tourne vers son guide, un charmant jeune Égyptien.

– Aziz ? Combien d'heures de route jusqu'au point de rendez-vous ?

– Olàlà ! Avec cette chaleur, il faut bien compter six heures, Mam'zelle Adèle !

– Très bien ! Alors, en route. Allez hop !

Elle talonne les flancs de son chameau.

Le chameau ne bouge pas.

– Comment tu dis « avance » en arabe ?

– Yahala, Mam'zelle Adèle.

---

1. Grande construction égyptienne en pierre représentant un monstre mythique à corps de lion et tête d'homme.
2. Étoffe légère et transparente.

– YAHALAA ! hurle Adèle.

Le chameau ne bouge toujours pas.

– Et comment dis-tu « avance sale bourrique ou je te découpe en rondelles » ?

Aziz est bien embêté pour répondre.

Adèle n'a pas plus l'intention de percer les secrets des pharaons que ceux des Incas du Pérou. Et aucun des douze Ramsès ne l'intéresse, ni même les tombes d'Hatchepsout et consorts[1], fraîchement découvertes. La petite caravane qu'elle mène à travers les sables pourrait le faire croire, mais ce qui l'intéresse en fait, ce sont les petites gens, les serviteurs, les conseillers qui entouraient les pharaons et les suivaient jusque dans leurs tombeaux. C'est en tout cas ce qu'ils pensaient, mais en réalité pour un simple problème de place, on enterrait souvent le personnel un peu plus loin.

Mais pourquoi, me direz-vous, Adèle est-elle à la recherche des serviteurs d'un pharaon disparu ? Comme l'énonce le proverbe copte, toute réponse vient, en temps et en heure, à qui sait attendre patiemment en regardant couler le Nil. Et puis, ces extraordinaires aventures le seraient beaucoup moins si l'on dévoilait sans cesse au lecteur les intentions de quelqu'un comme Adèle, personnage unique en son genre, et notamment par son étonnante propension à causer la surprise.

Au bout de quelques heures, notre héroïne, Aziz et le reste de la petite caravane arrivent en haut d'une crête qui domine le site de la Vallée des Rois. Le soleil tape comme un poids lourd, mais cela ne semble pas déranger beaucoup la jeune femme.

1. Ceux de la même catégorie, associés.

De là, la petite troupe rejoint une sorte de minuscule campement archéologique où s'achève leur route. C'est comme un embryon de fouilles où attendent quelques hommes écrasés de soleil ainsi que quelques mulets et chameaux assoupis.

Un type enturbanné, au visage en lame de sabre et aux yeux de fouine, observe discrètement leur arrivée. Dès qu'ils lui tournent le dos, l'homme monte sur son chameau qui rechigne un peu. Puis il s'éloigne, non sans jeter un dernier coup d'œil vers notre héroïne. Il a un sale sourire. Puis, talonnant sa monture, il file à toute vitesse entre les dunes.

Adèle et Aziz mettent pied à terre. Aziz lui tend une gourde.

– Tenez, Mam'zelle Adèle, il faut boire beaucoup avec cette chaleur.

Adèle attrape la gourde et se lave les mains. Malgré ce gâchis d'eau si précieuse, Aziz n'ose pas l'arrêter.

Puis elle se dirige vers le puits et y jette un coup d'œil. Le puits semble sans fin. Quand elle se retourne, elle tombe nez à nez avec deux types patibulaires[1] en djellaba. Le premier, Akbar, est une force de la nature, découpé au couteau à même le tronc. Ses yeux noirs ne sourient pas le moins du monde et il fait craquer ses phalanges. Le second, Setimohtep, a l'air plus vicieux, probablement fini à l'acide. Il joue avec un couteau apparemment tranchant comme un rasoir. Le jeune Aziz est mal à l'aise. On le serait à moins.

– C'est… C'est les deux hommes dont je vous ai parlé, bredouille le jeune guide.

– Bienvenue en Égypte ! lance Akbar.

Adèle referme calmement la gourde tout en fixant les deux malfrats droit dans les yeux.

1. Louches.

– Ils n'ont pas l'air comme ça, murmure Aziz, mais… ils sont dangereux, méfiez-vous !

Les deux types sourient à Adèle, ce qui a l'avantage de faire fuir les mouches. Adèle, quelque peu écœurée, leur renvoie une grimace. Elle espère qu'elle n'aura pas à regretter de s'être associée à ces deux affreux. Car c'est apparemment le cas, comme nous allons le découvrir très vite. Mais, comme dit l'autre, à cheval donné, on ne regarde pas la bouche… Ce qui vaut mieux, d'ailleurs, dans le cas de ces deux-là.

– Une tasse de thé, avant le grand saut ? dit Setimohtep d'un ton faussement poli.

– J'ai une tête à boire du thé ? réplique Adèle, mouchant les deux hommes pour l'hiver.

6

À tombeau ouvert… ou comment les millénaires peuvent vous rattraper rapidement…

Après quelques préparatifs, la descente dans le puits s'effectue rapidement le long d'une corde qui pend jusque dans le fond d'une citerne vide. Une trappe est ouverte dans un coin de la citerne et une vieille échelle branlante descend encore plus profond dans une vaste pièce creusée à même la roche.

La très grande profondeur du puits ne permet qu'à une vague lueur de pénétrer si bas. Adèle descend l'échelle la première, aussitôt suivie par Aziz et les deux lascars, puis par une petite dizaine d'hommes de main munis de torches.

La salle est assez grande. Adèle s'avance déjà pour examiner les lieux… Le sol dallé est recouvert de sable fin comme de la poussière. Très peu décorée, la pièce abrite un autel de pierre lisse, haut d'un mètre et assez large pour y allonger un homme, des bacs de pierre et divers instruments couverts de poussière.

– C'est la salle des tombeaux ? demande Aziz, pas rassuré.

– Non, pas encore. C'est la salle des soins. C'est là qu'on préparait les momies. On vidait les corps sur l'autel, là, puis les viscères étaient jetés dans ces bacs, ici.

Quelques outils de torture couverts d'une poussière millénaire traînent encore sur les comptoirs de granit. Quant aux fameux bacs à viscères, Aziz sursaute quand des rats s'en échappent brusquement.

– Après, poursuit Adèle, on leur faisait un brin de toilette. On les poudrait, on les maquillait et puis direct à la garde-robe.

Elle désigne alors une sorte de machine en bois très complexe, munie de roues des deux côtés et qui ressemble vaguement à un métier à tisser. Cette mécanique étrange retient, en hauteur, de gros rouleaux de coton ternis.

– C'est quoi ? demande Aziz.

– C'est pour faire des costumes sur mesure. On posait le corps là-dessus, et la machine mettait automatiquement les vingt couches de bandages, sans oublier l'huile qui était pulvérisée entre chaque couche.

Ajoutant le geste à la parole, Adèle passe son doigt au bout d'un tube où perle encore une goutte de liquide.

– Et… c'est quoi comme huile ? dit Aziz, intrigué.

– Aucune idée ! Mais en tout cas, ça conserve ! répond Adèle en se frottant les mains avec la goutte d'huile.

À l'autre bout de la vaste salle, les deux malfrats rasent les murs avec leurs torches, apparemment à la recherche d'inscriptions. Akbar s'arrête d'un seul coup, et, contre toute attente, une lueur d'intelligence apparaît au fond de ses yeux torves[1].

– Ayé[2] ! J'ai trouvé, crie-t-il, faisant sursauter tout le monde.

Adèle et Aziz les rejoignent. Le groupe d'hommes de main forme un demi-cercle autour d'eux et les torches éclairent le mur de reflets orange tremblotants. La pierre est couverte de dessins et de formes géométriques qu'il faudrait un bon siècle pour déchiffrer entièrement. Adèle s'approche et pose délicatement sa main sur le mur.

– Oui, c'est bien là, dit-elle avec un de ces étranges sourires dont elle a le secret, avant de se retourner vers les deux affreux.

1. Menaçants.
2. Ça y est.

Les deux lascars se regardent. Le moment tant attendu approche. Adèle passe soudain sa main sous sa jupe, tout en s'adressant aux deux têtes d'assassins.

– Allez, messieurs, sortez vos trésors !

Les deux horribles sont très surpris par cette invitation coquine et c'est avec des sourires salaces qu'ils commencent à défaire leurs ceinturons. Mais finalement, la main qu'Adèle avait passée sous ses jupes ressort en tenant un bout de parchemin.

– La carte au trésor ! corrige-t-elle, excédée.

Les malfrats sont confus. Ils referment les boucles de leurs ceinturons à la hâte et sortent tous deux un morceau de parchemin de leur poche. Un morceau similaire à celui que tient Adèle.

Chacun approche sa pièce et le puzzle se forme : la carte est une reproduction des dessins sur le mur, avec des points très précisément indiqués, comme pour un rébus. Adèle prend le parchemin enfin reconstitué dans ses mains et s'approche du mur. On commence alors à comprendre qu'Adèle avait déjà passé un marché avec les deux brutes, mais ce qu'on ne sait pas encore, c'est ce qu'elle est venue faire en Égypte au lieu d'obéir à son éditeur, qui l'imagine en expédition au Pérou.

À la lueur tremblante des flammes, Adèle lit les hiéroglyphes…

–… La mort…

Elle appuie sur une petite figure dessinée qui représente la mort.

–… est le seul chemin…

Elle appuie sur un nouveau hiéroglyphe.

–… qui mène à la naissance !

Elle appuie sur un troisième signe et le mur se soulève soudain, ouvrant un large passage totalement obscur et plein de toiles d'araignées.

Aussitôt, un liquide noir et visqueux s'écoule de ce couloir sur le sol et s'étale lentement dans la vaste salle des soins.

Adèle regarde ses chaussures déjà souillées par cet étrange liquide, mais cela ne l'inquiète pas. En tout cas, beaucoup moins que le gros revolver que Setimohtep vient de lui coller sur la tempe. Aziz, terrorisé, ne sait pas quoi faire. Adèle le regarde. Il baisse les yeux. Mieux vaut ne rien tenter.

– Le voyage s'arrête ici, ma gazelle ! ricane Setimohtep. Et pour vous remercier de votre coopération, nous vous offrons la vie sauve ! Allez, dégage ! ordonne ensuite l'affreux lascar, très sûr de lui.

À tant d'arrogance, Adèle ne réplique d'abord que par un soupir de lassitude.

– Le sol est recouvert d'un mélange d'huile et de pétrole, dit-elle ensuite, avec un rien de sarcasme dans la voix. Un mélange particulièrement inflammable. Si vous entrez dans ce tunnel, avec ne serait-ce qu'une allumette, je vous promets un beau feu d'artifice. Faites-moi signe quand votre petit cercle de gentlemen sera à nouveau ouvert aux femmes !

Puis elle tourne les talons et s'en va vers le fond de la grande salle. Les deux gredins regardent le sol effectivement couvert d'une épaisse pellicule de produit visqueux noir et luisant.

L'un des terrassiers se penche et touche ce liquide avec ses doigts. Il se redresse et l'observe de près, reniflant. Setimohtep approche sa torche… et les doigts du pauvre type s'enflamment aussitôt. Il crie, il hurle, il court vers l'autre bout de la salle pour éteindre sa main avec du sable.

Akbar et Setimohtep se regardent. Le géant fait oui de la tête. Setimohtep range son gros revolver.

– Après délibération, disent-ils presque en chœur à Adèle, nous acceptons votre candidature.

– Permettez-moi de garder mon émotion pour plus tard, réplique

Adèle avec une petite grimace dont l'ironie passe largement au-dessus de la tête des deux affreux.

Ils la regardent, intrigués. Ils sentent bien qu'elle leur cache des choses. Mais pour l'instant, ils n'ont pas eu à se plaindre de son savoir, ni de ses découvertes. Adèle ramasse un peu de sable et s'approche d'une vieille balance non loin de l'entrée du tunnel noir comme de l'encre. Elle verse le sable sur un plateau de la balance. Un mécanisme secret se déclanche et soulève lentement un côté du sol. Le sable glisse sur la plaque ainsi révélée, et qui est en fait un grand plateau en étain poli comme un miroir. Le vague rai[1] de lumière du jour qui passe par le puits est réfléchi sur cette plaque et envahit la pièce. La lumière pénètre dans le couloir obscur qui est maintenant éclairé à son tour par tout un jeu d'autres miroirs posés contre les parois.

Akbar ricane, comme un enfant devant un tour de magie. Adèle se dirige vers le tunnel d'un pas décidé.

– Où avez-vous appris tout ça ? demande Akbar.

– Je n'avais que deux solutions, réplique Adèle : être égyptienne, ou apprendre à lire !

Et, n'étant pas du genre à dévoiler ses sources, surtout à deux malfrats dont le seul intérêt était d'avoir en leur possession les deux tiers du parchemin qu'elle convoitait, elle s'engouffre dans le couloir, laissant les deux autres bouche bée. Ce qui n'est pas très joli à voir, surtout pour une jeune femme comme elle.

Le long couloir donne dans la salle des tombeaux. De chaque côté de l'entrée, deux splendides statues de dieux en or massif semblent mon-

1. Rayon.

ter la garde sous la paroi gravée de hiéroglyphes et de figures symboliques. D'une démarche empreinte de crainte respectueuse, Adèle s'avance jusqu'au centre de cette magnifique pièce taillée dans le roc et découvre deux tas d'or et de bijoux, de part et d'autre d'un tombeau de pierre. Les deux malfrats arrivent derrière elle, sur leur garde et impressionnés par l'atmosphère funèbre de la salle. Mais, en apercevant les monceaux de joyaux, ils deviennent quasi fous. Ils se précipitent dessus en poussant des cris de joie.

– Allah est grand !

Adèle s'en fiche royalement, elle n'a d'yeux que pour le tombeau de pierre.

– Voilà l'homme que je cherchais, dit-elle comme pour elle-même.

Aziz l'a rejointe.

– Il ne va pas être facile à ramener à la maison ! dit-il, d'un air dubitatif[1].

– Vous deux, fait Adèle, s'adressant à deux des portefaix[2] qui sont entrés à pas feutrés, très impressionnés. Aidez-moi à ouvrir le tombeau.

Aidé par les deux hommes, Aziz pousse le lourd couvercle de pierre, qui tombe sur le côté. À l'intérieur du tombeau de pierre, un sarcophage apparaît. Aziz et les aides poussent un soupir de satisfaction. Mais Adèle secoue la tête. Il faut ouvrir ce sarcophage… ils s'y attellent. Un second sarcophage apparaît, un peu plus petit. Ce n'est toujours pas le bon. Ces premiers cercueils, assez grossiers, sont destinés à protéger le défunt des sept mondes avant que celui-ci n'atteigne la mort ou la vie éternelle. Et donc, après maints efforts, au bout de quelques autres coffres emboîtés comme des poupées russes, le vrai sarcophage apparaît. Il étincelle,

1. Qui doute.
2. Porteurs.

entièrement recouvert d'or. Aziz et les deux porteurs sont béats d'admiration et de crainte superstitieuse.

– Sortez-le, dit doucement notre héroïne.

Les hommes s'affairent avec quelque hésitation et soulèvent le lourd sarcophage avec difficulté. Aziz s'approche d'Adèle.

– Madame, dit-il, même sans la pierre, c'est très lourd ! Comment va-t-on faire pour le sortir par le puits ?

– Dans ce genre de sépulture, répond Adèle, il y a toujours une entrée et une sortie. Cherche-la.

– Ah ? Bien Mam'zelle Adèle, fait Aziz, l'air un peu perdu.

Le jeune Égyptien commence à faire le tour de la pièce tandis que les porteurs posent le sarcophage debout, juste devant la jeune femme.

Derrière eux, Akbar est hilare. Il s'est mis une magnifique coiffe dorée sur la tête et s'est passé tout un tas de colliers autour du cou. À la lueur des torches et de la lumière renvoyée par les miroirs, il brille comme un arbre de Noël.

Setimohtep, de son côté, se sert d'une coupe constellée de pierreries pour remplir ses sacoches plus rapidement, accroupi sur son tas d'or et de joyaux. Il s'arrête subitement, remarquant le sarcophage dressé près d'Adèle.

– Hé, dit-il, violer la sépulture d'un pharaon est un sacrilège ! Tu peux être pendue pour ça !

– Et lui voler son or ? réplique Adèle. Quel est le châtiment ?

– Euh… Aucun !! rétorque Setimohtep, et Akbar se met à rire.

Très vite, les deux affreux sont pris d'une crise de fou rire incontrôlable, visiblement saisis par la fièvre de l'or et la certitude que leur fortune est faite. Mais tout à coup, une des somptueuses parures qu'Akbar s'est passé autour du cou commence à se resserrer. Le géant ne comprend pas tout de suite. Ses yeux lancent un regard plus étonné qu'effrayé, mais la terreur vient vite. Déjà, il ne peut plus crier, car le collier se resserre de plus en plus. Il le saisit à deux mains pour essayer de l'arracher de sa gorge, gesticulant comme un fou furieux, mais rien n'y fait. Et en quelques secondes il meurt étranglé, les yeux exorbités, s'effondrant sur la fortune qu'il convoitait.

Complètement affolé, Setimohtep grimpe sur son monceau de joyaux « personnel » et sort son revolver, braquant Adèle.

– Prends garde à toi, sorcière ! hurle-t-il. Je ne sortirai pas de cette pièce sans mon or !

– J'en ai bien peur, répond Adèle d'un ton détaché, comme si elle savait exactement ce qui va se produire.

Setimohtep n'a pas le temps de comprendre, juste le temps très bref d'entendre un déclic… un mécanisme vient de se déclencher. Le sol s'ouvre instantanément sous ses pieds, et Setimothep et son tas de joyaux disparaissent d'un seul coup, engloutis par le vide d'un puits sans fond. Son ultime cri se perd dans un lointain peu enviable.

– Comme quoi l'argent ne fait pas toujours le bonheur, dit Adèle en guise d'épitaphe pour le second malfrat.

Puis elle se tourne vers ses hommes qui la regardent avec un respect craintif.

– Allez, ouvrez-le ! dit-elle.

Très impressionnés, les hommes font sauter les attaches du sarcophage. Aziz se rapproche d'Adèle.

– Et… commence-t-il d'un air très effrayé, vous êtes sûre qu'en l'ouvrant on ne va pas, nous aussi, déclencher une sorte de mécanisme ?

– Ne t'inquiète pas. Les pharaons tenaient plus à leur or qu'à leur vie.

– Ah ?… Tant mieux, fait Aziz, pas tellement rassuré.

Les hommes enlèvent le couvercle du sarcophage, avec des gestes que la peur rend très précautionneux, libérant ainsi une momie assez bien conservée.

Adèle pousse un soupir de soulagement. La momie semble parfaitement conservée. Bien que les bandelettes ne recouvrent pas tout son visage, ce qui en apparaît demeure assez humain, finalement. Ses dents sont un peu grisâtres, ses orbites[1] sont heureusement masquées, et seuls deux fentes noires entre les bandelettes figurent l'emplacement de ses yeux. Ce qui lui donne un regard profond et inquiétant. Aziz est de plus en plus nerveux. Il n'a visiblement jamais vu de momie.

– C'est… c'est un pharaon ? demande-t-il en tremblant un peu, très impressionné par tout ce qui se passe depuis quelques instants dans ces lieux immémoriaux[2].

– Non, un docteur, répond Adèle avec un petit sourire.

Une voix sinistre retentit soudain dans le dos d'Adèle et fait sursauter tout le monde :

– Si vous voulez consulter, chère mademoiselle, il me semble que vous vous y prenez un peu tard !

1. Cavités osseuses où se logent les yeux.
2. Très anciens.

7

Celui qu'on n'attendait pas,
et qui va précipiter les choses...

Le professeur Dieuleveut a la cinquantaine. Il est petit, hideux, maniaque, loin d'être bête, mais prêt à être très méchant quand il le faut. Et là, il semble savourer son triomphe, ce qui le rend d'autant plus dangereux. De surcroît, une dizaine de militaires égyptiens l'accompagnent, fusils braqués sur tous les présents. Ainsi qu'un homme enturbanné, qu'on reconnaît aisément à son visage en lame de sabre et ses yeux de fouine, et qui semble se féliciter de la récompense que lui vaudra sa trahison.

– Un peu tard, oui... Par contre, poursuit Dieuleveut, je connais un institut spécialisé au Caire où quelques docteurs seraient ravis de vous examiner !

– Je vais très bien, merci, réplique Adèle. À part une nausée depuis quelques secondes, mais cela me fait toujours ça quand je vous vois, professeur Dieuleveut.

Le visage de Dieuleveut est l'image même de la perversion. Et c'est avec un sourire qui le déforme encore plus qu'il fait un signe aux soldats.

Les hommes d'Adèle ont compris. Pas la peine de leur dessiner des hiéroglyphes. Avec un ensemble parfait, ils mettent leurs mains sur leurs têtes et les soldats commencent à les faire sortir.

Dieuleveut savoure ce moment. Il doit exister un contentieux[1] de

1. Conflit non résolu.

très longue date entre Adèle Blanc-Sec et ce célèbre savant. Il est plus que visible. Mais ni l'un ni l'autre n'y font allusion. Ce qui est certain, c'est qu'il était sur ses traces et qu'il a profité des découvertes d'Adèle pour pénétrer dans les lieux.

– Votre humour est toujours aussi caustique, ma chère Adèle ! dit-il, avec un ricanement sarcastique. Vous en aurez besoin ! En attendant, pouvez-vous m'expliquer pourquoi une grande journaliste comme vous se retrouve ainsi à piller des tombes ?

– Je ne pille pas… j'emprunte ! rétorque Adèle.

Le savant la regarde en se demandant si elle le prend vraiment pour un crétin.

– Bien sûr ! Vous comptiez juste faire un petit tour avec, histoire de lui faire prendre l'air ?

– Patmosis est professeur de médecine, docteur personnel de Ramsès II. Le plus grand praticien que l'Égypte ancienne ait connu et son savoir n'a pas de limites, et justement… j'ai besoin de son savoir.

– Pour guérir l'humanité ? rétorque Dieuleveut, d'un ton hautain et méprisant.

– Non, juste ma sœur, répond Adèle dont la voix se voile soudain de quelque chose qui ressemble à du chagrin.

– Oh !… voilà une émotion bien touchante, se moque Dieuleveut, mais vous a-t-il effleuré l'esprit que votre docteur en médecine était mort ?

Adèle regarde l'éminent professeur droit dans les yeux, un air de défi total affiché sur son visage, empreint d'un certain mépris pour cette larve immonde qui va détruire tous ses projets.

– J'avais noté, merci, dit-elle sèchement.

– Et comment comptiez-vous le ramener à la vie ? poursuit l'éminent savant.

Il a l'air très fier de sa victoire et peut-être aussi de pouvoir humilier cette belle jeune aventurière. Un petit coq prétentieux avec une tête affreuse à voir. Comment se sortir de ses griffes ? se demande notre héroïne.

Elle sort alors le livre du professeur Espérandieu de sa poche et le brandit devant les yeux de Dieuleveut : « Y a-t-il une vie après la mort ? »

– Grâce aux travaux du professeur Espérandieu !

Dieuleveut éclate de rire.

– Ce vieux fou d'Espérandieu ! C'est à peine s'il arrive à faire tourner une chaise ! Croyez-moi, rigole de bon cœur ce nabot[1] inquiétant, il sera mort avant d'avoir pu réveiller cette vieille momie !

Il s'empare du livre que tenait Adèle et le jette dans le puits sans fond où Setimohtep a disparu.

– Surveillez votre langage, Dieuleveut ! s'insurge Adèle. D'après ce livre, les momies entendent très bien tout ce qu'on dit et supportent très mal qu'on leur manque de respect !

– Houuu ! Vous m'apeurez ! Après le « Monstre des glaces », voici le « Zombie des sables ! » Et attention : il a mauvais caractère !

Dieuleveut éclate à nouveau de rire. Mais un je-ne-sais-quoi fait sonner son rire un peu faux. Peut-être est-ce lié à l'atmosphère religieuse millénaire dont est empreint ce tombeau. Ou à un doute qui l'envahit et qu'il refuse de considérer.

– Ah, ma chère Adèle, je dois vous avouer que je suis l'un de vos plus fervents lecteurs, mais là, votre histoire est de loin la plus ridicule que vous nous ayez contée !

La jeune femme soupire. Est-il possible que ce nabot fasse échouer ainsi toute son entreprise ?

Dieuleveut arrête de rire d'un seul coup. Et il change radicalement

1. Nain (péjoratif).

de ton. Fini l'air pseudo mondain et les sarcasmes. Il va passer aux choses sérieuses.

– Embarquez-la, dit-il à ses hommes.

On force Aziz à suivre Adèle et, du bout du fusil, on les dirige vers le couloir qui les ramène à la salle des soins.

– Tu as trouvé la sortie ? chuchote Adèle.

– J'ai fait tous les murs, j'ai rien trouvé, murmure Aziz, effrayé et plus que déçu.

– Si c'est pas sur les côtés, alors c'est au centre.

– Mais il n'y a que la tombe au centre !

– Eh bien voilà. Tu as trouvé !

Aziz est perplexe. Un garde le pousse et le sépare d'Adèle.

Resté en arrière, le professeur Dieuleveut s'approche de la momie et la regarde avec un sourire narquois. Mais la momie a soudain une vertèbre qui craque et sa tête part un peu en avant. Le savant sursaute, mais heureusement personne n'a vu sa soudaine frayeur. Pas très rassuré, en fait, il quitte la pièce à la suite du cortège de soldats qui emmènent Adèle, Aziz et leurs hommes.

8

Ou comment Adèle fait face
à un peloton d'exécution pour la première
(et on l'espère dernière) fois
de sa (brillante) carrière...

La première chose que font les soldats en pénétrant dans la salle des soins, c'est de séparer Aziz d'Adèle. Le jeune Égyptien est regroupé avec les autres hommes de main vers l'échelle menant au puits qui les conduira à la surface, et probablement dans une geôle[1] épouvantable, voire pire encore.

Pendant qu'un soldat lie les poignets d'Adèle devant elle, Aziz lui jette un dernier regard désespéré. Notre héroïne plisse légèrement les yeux et lui fait une petite grimace encourageante. Mais elle sait qu'ils sont tous deux en très mauvaise posture.

Un autre groupe de militaires vient s'aligner face à Adèle. Dieuleveut sort du tunnel en pestant, à cause de l'huile noire sur le sol qui salit ses chaussures.

– Satanée mélasse, marmonne-t-il pour lui-même.

Puis il contemple un instant son futur triomphe et vient ensuite coller son hideux visage face à Adèle. Il la fixe avec une sale lueur dans les yeux.

– Connaissez-vous la sanction qu'on réserve aux pilleurs de tombes ? dit-il, d'une voix doucereuse qui ne présage rien de bon.

---

1. Cellule de prison.

– La pendaison, rétorque la jeune femme, tentant fièrement de masquer le malaise sournois qui l'envahit de plus en plus vite, de plus en plus fort.

– Pour les locaux uniquement, précise Dieuleveut. Les étrangers ont droit à un peu plus d'égards et à une mort plus rapide.

Adèle se sent très mal, mais elle ne tremble pas. Elle semble calme et résignée, mais en fait elle bout, elle enrage, pas seulement face au sort qui l'attend elle, mais aussi à cause de l'arrogance et de la malfaisance de cet avorton prétentieux qui va l'empêcher de sauver sa sœur. Et ça, c'est tout simplement impossible ! Inenvisageable !

Le chef du peloton fait un signe et ses soldats arment leurs fusils. Clac, clac… Le bruit des culasses résonne, d'autant plus sinistre dans cette salle qui servait à préparer les morts pour l'éternité…

– C'est plus protocolaire, mais beaucoup moins douloureux, rajoute Dieuleveut, qui semble vraiment ravi de pouvoir enfin régler son compte à notre héroïne.

Mais pourquoi voue-t-il une telle haine à Adèle ? Il nous faudra sans doute d'autres aventures pour l'apprendre. Mais ici, cher lecteur, nous ne nous attachons qu'à l'instant. Et l'instant est fatal.

Tandis que les soldats s'éloignent et s'alignent pour la mettre en joue, Dieuleveut sourit soudain, comme un carnassier devant une proie qui ne peut plus lui échapper. Adèle jette des regards éperdus sur cette vaste salle obscure où les torches projettent des lueurs et des ombres spectrales de mauvais augure[1]. Comment pourrait-elle s'en sortir ?

---

1. Présage.

– Un dernier souhait, peut-être ? lui demande Dieuleveut, d'un ton ironique qu'Adèle lui rentrerait volontiers dans la gorge.

Mais elle reste impassible.

– Je sais que ce n'est pas bon pour ma santé, répond-elle, mais je prendrais bien une cigarette…

L'affreux savant sourit, presque paternaliste, se délectant de sa victoire. Il sort lentement son étui à cigarettes, savourant chaque seconde en regardant Adèle qui réprime ses tremblements. Il ouvre son étui et tend une cigarette à la jeune femme.

– Allez, pourquoi pas ! Ce n'est pas celle-là qui vous tuera ! dit-il d'un air particulièrement narquois, jouissant de la situation.

Comme Adèle a les mains liées devant elle, le professeur lui met directement la cigarette dans la bouche et sort un très beau briquet. Il allume la cigarette. Adèle tire une bouffée et se penche sur le briquet, le regardant d'un air extasié.

– Oh, il est magnifique ! Puis-je ?

Dieuleveut lui passe le briquet.

– Un cadeau, je suppose ? demande-t-elle.

– Un souvenir, plutôt. Mon père. À sa mort. C'est bien, comme ça, à chaque fois que je m'en sers, je pense à lui !

– Ah ?!… Moi aussi j'aimerais vous laisser un petit souvenir ! dit la jeune femme, arborant son sourire de Joconde.

– Vraiment ?

Et elle lui balance soudain un grand coup de genou dans l'entrejambe. Dieuleveut est tétanisé, au bord de l'apoplexie[1], les yeux lui sortent des orbites. Il plie les genoux et descend d'un étage. Adèle se penche vers lui et lui murmure à l'oreille :

---

1. Perte de connaissance.

– Comme ça, à chaque fois que vous vous en servirez, vous penserez à moi !

Puis tout va très vite. Adèle repousse violemment Dieuleveut d'un autre coup de pied. L'horrible professeur part en arrière et heurte le chef de peloton, qui tombe sur deux de ses hommes, qui en font tomber d'autres, comme un château de cartes. C'est la pagaille absolue. Le traître aux yeux de fouine fonce vers l'échelle pour s'échapper. Le chef de peloton crie des ordres. Les soldats poussent le professeur pour pouvoir aligner Adèle. Dieuleveut trébuche plusieurs fois en arrière, et tombe dans la fameuse machine à bandages. Mais Adèle a allumé le briquet et elle part en courant vers le couloir menant à la salle du tombeau. Elle jette le briquet allumé au sol, juste derrière elle, et la nappe noire et visqueuse s'enflamme aussitôt. Les soldats n'osent pas suivre face à ce mur de feu.

Dieuleveut se redresse dans la machine à bandages et hurle, fou de douleur :

– Rattrapez-la !

Mais, en se relevant, l'éminent professeur Dieuleveut déclanche malencontreusement la machine et toute la mécanique s'abat sur lui. Il se fait rouler et enrouler à toute vitesse dans des dizaines de bandages bien huilés tandis que les flammes envahissent la salle des soins et que les soldats se ruent vers la sortie en hurlant.

9

La fuite d'Égypte, ou comment s'en sortir avec brio quand on n'est pas Napoléon…

Dans le couloir menant à la salle des tombeaux, Adèle court comme une folle devant un mur de feu qui gagne de la vitesse. Elle se tord désespérément les poignets pour essayer de se débarrasser de ses liens. C'est un tsunami de flammes qui la poursuit, et là, aucune ruse, aucun coup de genou ne la tirera d'affaire. Comme ce couloir paraît long, même quand on court à toute vitesse pour éviter d'être changé en grillade carbonisée !

Adèle réussit à défaire ses liens à l'instant où elle jaillit dans la salle des tombeaux et elle court à toute allure vers la momie qui se dresse, debout dans son sarcophage.

– Dans mes bras ! crie-t-elle

Et Adèle se jette, bras ouverts sur la momie. Sous la violence de sa vitesse, le sarcophage dégringole dans le tombeau dont on l'avait tiré et heurte une petite avancée de pierre qui enclenche un lent mécanisme. Avec l'impact de sa chute, le sarcophage s'est refermé sur Adèle, qui serre la momie dans ses bras, tandis que le tsunami de feu envahit la salle. C'est l'enfer !

Le mécanisme de la tombe fait basculer doucement le fond du tombeau de pierre. Les flammes ravagent la salle des tombeaux et la chaleur commence à calciner le dessus du sarcophage ! À l'intérieur, Adèle se serre contre la momie. Elle a très chaud… Mais la pente créée par le mécanisme de pierre commence à être suffisante pour que le sarcophage qui les enferme se mette à glisser doucement et à disparaître sous le sol.

Adèle ne voit rien, et c'est particulièrement anxiogène[1] de ne rien voir,

1. Qui suscite de l'angoisse.

tandis que le sarcophage glisse dans une sorte de toboggan de pierre. De plus en plus vite. À l'intérieur, Adèle et la momie sont secouées comme des noix dans un sac. Et soudain le sarcophage, dont le dessus est à moitié calciné, jaillit de cette espèce de tunnel et se met à dévaler sur une pente rocheuse, dans une immense caverne naturelle. L'endroit est obscur, semé de stalactites. Avec un horrible bruit de bois râpé contre la roche, le sarcophage dégringole, valdingue[1], rebondit sur les pierres…

Jusqu'à atteindre le bord d'une falaise souterraine…

Il tombe dans le vide !

Il vaut sans doute bien mieux qu'Adèle soit enfermée avec la momie dans ce cercueil, dont la solidité témoigne de l'art, voire du génie, des artisans qui l'ont conçu quelques milliers d'années plus tôt… Car ce cercueil ouvragé[2] tombe dans une rivière qui serpente autour de monstrueuses stalagmites[3], surplombées de stalactites[4] qui font autant de mâchoires sauvages. Heureusement, le sarcophage flotte, heurtant parfois une stalagmite invisible sous l'eau noire. On aperçoit fugitivement, sur la rive, le cadavre de Setimothep, à moitié enseveli sous les pièces d'or qu'il pensait s'approprier.

Le courant de la rivière prend de l'ampleur, accélère et l'on s'approche avec horreur d'une cascade de plus de cent mètres de haut, qui gronde dans l'immense caverne.

Le cercueil qui emporte Adèle et la momie dévale l'immense mur d'eau et finit par percuter lourdement la surface bouillonnante. Tout autour du bassin inférieur, où grondent des milliers de mètres cube d'eau

1. Tombe (familier).
2. Décoré, ciselé.
3. Colonne de calcaire qui monte du sol.
4. Colonne de calcaire qui descend de la paroi supérieure d'une cavité.

qui dégringolent depuis des millénaires, de très anciens temples inconnus sont creusés à même la roche. Mais pas le temps de visiter ces énigmes historiques qui passionneraient plus d'un savant et Adèle aussi, sans doute, si elle pouvait les voir… Le sarcophage est très vite aspiré par un tourbillon monstrueux, un siphon géant qui entraîne toute cette eau vers le centre de la terre. Et le cercueil d'Adèle et de la momie tourne, tourne, puis disparaît dans le tumulte… Avalé…

Est-ce la fin d'Adèle ? Cela paraît impossible. Pourtant, pendant toute cette incroyable descente, on n'a pas entendu un cri. Peut-être avait-elle déjà étouffé dans ce cercueil ouvragé, couchée sur une momie qui n'est pas forcément le matelas le plus aseptique du monde… Et avec le traitement subi par le sarcophage, ce qui reste de ses occupants doit être réduit en charpie… Pour la momie, c'est sans doute une habitude, mais pour notre héroïne, finir ainsi, avalée par une nappe souterraine…

Un peu plus loin, au grand jour brûlant de l'Égypte, le Nil éternel serpente doucement entre les montagnes ocre[1]. Poussée par une petite brise, une felouque[2] remonte paisiblement le courant paresseux, et son occupant a jeté une ligne pour pêcher dans le fleuve nourricier. Un morceau de liège flotte à la surface boueuse d'alluvions[3]. Le marin regarde son bouchon qui s'agite. Ça mord ! Le bouchon disparaît !

Et d'un seul coup, venant du fond du fleuve, le sarcophage apparaît à la surface, bondissant comme un énorme bouchon. Le cercueil millénaire est très abîmé, noirci, presque méconnaissable. Le marin ouvre de

1. Couleur de l'argile.
2. Bateau à voile du Nil.
3. Dépôts de sédiments.

grands yeux incrédules[1]. Le sarcophage brûlé et râpé finit par se stabiliser dans les eaux paresseuses du grand fleuve. Le pêcheur est aussi impressionné que s'il voyait remonter des fonds la barque royale de Néfertiti. Et soudain, le couvercle du sarcophage se soulève, sous la poussée des deux mains d'Adèle.

Un nuage de poussière et de chaleur intense s'élève aussitôt de cette étrange embarcation. Adèle se redresse. Elle n'a plus très fière allure, après tant de secousses et un tel traitement, mais elle a gardé son sourire énigmatique. Elle se penche vers la momie :

– Pardonnez-moi cette intimité soudaine, alors que nous nous sommes à peine présentées ! Adèle Blanc-Sec. Enchantée…

Elle regarde autour d'elle et croise le regard du marin égyptien, abasourdi par ce que qu'il voit, Adèle assise dans son sarcophage comme dans une pirogue et qui prend l'air le plus naturel possible pour s'adresser à lui.

– Excusez-moi mon brave ! Le Caire ?

Sur sa felouque, le pécheur égyptien ouvre des yeux aussi grands que la mâchoire qu'il n'arrive pas à refermer. Il finit par tendre la main vers le sud, derrière lui…

– Merci, dit Adèle avec le sourire le plus large qu'on ne lui ait jamais encore vu.

Elle attrape l'un des deux bâtons royaux qui reposent sur la momie et commence à ramer dans le sens du courant, ce qui aide quelque peu. Dans le lointain, derrière la crête des montagnes, une épaisse colonne de fumée noire monte dans le ciel…

---

1. Éberlués, qui ne peuvent pas croire.

Cette fumée s'échappe du puits qui mène à la tombe où Adèle a failli laisser la vie. Les soldats égyptiens regagnent la surface en toussant, portant Dieuleveut saucissonné sous vingt couches de bandelettes qui prouvent que l'ancienne science funéraire des maîtres de l'Égypte n'était pas de la petite bière !

Ils posent délicatement l'irascible[1] savant sur une table d'opération improvisée. Il a peine à gesticuler et à se faire entendre, bien évidemment, couvert qu'il est de ses bandelettes de trois mille ans d'âge, bien serrées et à moitié calcinées.

Le médecin militaire Égyptien et son équipe, affairés autour de lui, finissent par lui dégager la tête et le buste.

Dieuleveut, au bord de la suffocation, avale une grande bouffée d'air. Il est extatique, fou d'une rage incommensurable ! Il a du mal à se reprendre, mais il parvient à articuler, de plus en plus fort, d'une voix broyée :

– Je la tuerai ! Je la tuerai !

Le médecin lui colle une sorte de masque respiratoire sur la figure, tandis qu'un aide, un peu ahuri, pompe le mécanisme pneumatique qui alimente le masque.

– Calmez-vous, professeur, dit le médecin. Allez ! respirez ! respirez !

1. Colérique.

10

Là où il fait encore nuit,
Choupard est complètement gris[1]*…*

– Soufflez ! Allez-y, soufflez ! ordonne Caponi, penché sur Ferdinand Choupard assis sur une chaise dans le commissariat.

Le pauvre Choupard est gris, dans tous les sens du terme, et encore chamboulé par les terribles aventures de sa terrible nuit dans le quartier des Tuileries. Un tuyau de caoutchouc dans la bouche, il souffle tant qu'il peut. Et il peut peu, tant il est secoué. L'air passe à travers un filtre, fait des bulles dans un gros bocal posé sur un bureau et finit par faire monter une jauge, comme un thermomètre. Un sergent de ville, responsable de cette ingénieuse machine, suit des yeux la graduation qui monte, le nez carrément collé sur la jauge[2].

– Cinquante !! dit le flic.

Caponi bat des bras.

– Monsieur Choupard ! Comment voulez-vous que je croie à toutes vos histoires alors que vous avez 50 % d'alcool dans votre haleine ?

– Mais je vous jure que c'est vrai, commissaire, proteste Choupard d'un air éperdu.

– Inspecteur… rectifie Caponi.

– Inspecteur ! répète aussitôt Choupard qui tremble encore de terreur rétrospective. L'oiseau a foncé sur la voiture et l'a déchiquetée à coup de bec ! Et le préfet Pointrenaud était à bord ! Je l'ai vu passer !

– Ancien préfet, corrige le policier.

1. Saoul.
2. Appareil qui sert à mesurer.

– Oui, continue Choupard, et à côté de lui, il y avait une jeune femme en tenue légère qui hurlait à la mort !

– Une femme en tenue légère, s'étonne Caponi en frétillant des moustaches ? Avec Raymond Pointrenaud ? Membre fondateur du Secours chrétien ?

– Tout à fait ! Je l'ai vu ! De mes yeux, vu !

– Oui… Tout comme Jeanne d'Arc qui s'enflamme pour la seconde fois ?

L'inspecteur n'est pas peu fier de sa sortie.

Ça ricane dans la brigade. Un brigadier arrive et glisse un dossier à Caponi, en prenant un air de conspirateur. Caponi ouvre le dossier.

– Il y avait bien trois personnes à bord de la voiture, chuchote le brigadier, et on a réussi à les identifier… Pointrenaud…

Caponi regarde la photographie officielle de Pointrenaud, lors de sa nomination comme préfet.

–… Son chauffeur, continue le brigadier.

Sur une autre photographie, on reconnaît le chauffeur qui se rinçait l'œil dans la voiture. Là, sur cette petite photo assez ratée, il est en train d'astiquer son véhicule, avec un grand sourire, fier comme un paon.

–… Et…

Là, on découvre une photographie qu'on pourrait aisément qualifier de « suggestive » et dédicacée de Nini-les-Gambettes à « Mon petit Raymond ». Elle est en train d'agiter ses jupons sur les planches des Folies-Montmartre.

– Oh mon Dieu ! fait Caponi, atterré.

Il ferme le dossier en le claquant. Il toussote, puis désigne Choupard.

– Bon ! Lui… en cellule de dégrisement ! tonne l'inspecteur d'un ton sans appel.

Deux sergents de ville en tenue s'emparent de Choupard qui proteste.

– Je les ai vus, je vous dis ! Et c'est le grand oiseau qui a fait le coup !

On entraîne le malheureux Choupard vers son triste sort. Il roule des yeux effarés et finalement il a tout à fait l'air du dingue ivre mort qui croit dur comme fer à ses hallucinations.

Caponi rassemble ses hommes.

– Messieurs… En attendant d'en savoir plus sur les circonstances de ce drame, je compte sur vous pour que ce dossier reste… confidentiel !

11

Des lendemains qui déchantent…
question confidentialité…

– Le Préfet et la Danseuse ! Le Bal de l'horreur ! crie une voix qui domine le vacarme de la circulation.

Place du Palais-Royal, la matinée est plutôt belle. Un vendeur à la criée distribue, à l'encan[1], son journal en hurlant avec une voix de titi parisien, ce qu'il est précisément, d'ailleurs.

Et, en une de son journal, un dessin d'artiste montre la voiture fatale s'enfonçant dans la Seine après avoir défoncé la rambarde du pont.

Les badauds[2] s'arrachent ce canard[3].

Une autre une de journal, brandie par un autre crieur dans le quartier de la porte Saint-Denis, montre une gravure assez bien faite d'un ptérodactyle survolant les toits de Paris, avec la tour Eiffel au loin.

Et le crieur s'époumone :

– Un ptérodactyle géant terrorise la capitale !

Le sensationnel a le même effet qu'au Palais-Royal… Les badauds se précipitent et s'arrachent le journal.

1. Aux enchères, au plus offrant.
2. Promeneurs.
3. Journal.

Plus loin, rue du Faubourg-Saint-Honoré, un autre crieur vante la une de son quotidien, bramant aussi fort que ses confrères.

– Le monstre a tué un préfet ! Que fait la police ?

Un homme élégant, l'allure d'un haut fonctionnaire discret, achète le journal qui vient rejoindre un tas d'autres journaux sous son bras. Une revue de presse complète. Il traverse la rue au pas de course et se dirige vers le palais de l'Élysée. Les gardes républicains le saluent.

Louis, car c'est ainsi que se nomme cet élégant bureaucrate, a la chance inouïe d'être le secrétaire du président de la République. La chance, jusqu'à aujourd'hui. Car son travail, plutôt calme et répétitif en temps normal sous ce gouvernement, risque de devenir beaucoup plus compliqué, en ces temps soudain troublés par cette campagne de presse hallucinante.

Quelques instants plus tard, dans le bureau du président de la République, Armand Fallières, Louis regarde le grand homme d'État qui lit les journaux en silence. Louis est prêt à répondre à ses questions ou à exécuter ses ordres. Et il les attend avec une certaine angoisse. Pourtant, il sait que ce candidat du bloc des gauches, élu le 17 janvier 1906 par 499 voix contre 371 à Paul Doumer, président de la Chambre, est un homme pondéré[1]. Ce républicain modéré et provincial, attaché à ses racines et à son terroir gascon, a un physique de bon gros qui rassure. Il incarne, depuis plus de cinq ans, la République tranquille et triomphante. Et Louis, jeune bureaucrate particulièrement vernis, aime beaucoup son président.

---

1. Mesuré.

Le président Fallières finit par baisser le dernier journal qu'il vient de lire. Il le replie et le jette sur son magnifique bureau Empire.

– Cette histoire de ptérodactyle est grotesque, dit-il. Ils sont décidément prêts à tout pour vendre leurs feuilles de choux !?

Louis acquiesce.

– Même *Le Gaulois* s'y met ! reprend le président. Quelle honte ! Ils vont réussir à affoler la population, c'est tout ce qu'ils vont gagner.

– C'est fort probable, dit Louis d'une voix mesurée par l'expérience. On ne parle que de ça ce matin dans les cafés.

– Appelez la femme de ce pauvre Pointrenaud et transmettez-lui mes condoléances.

– Bien, Monsieur le Président.

Louis quitte le bureau présidentiel avec la discrétion qu'on attend d'un secrétaire efficace.

Armand Fallières est un homme pondéré. Il se lève en soupirant et marche jusqu'à la fenêtre. Sur son visage d'ordinaire paisible, on lit un agacement qui monte.

– Un préfet avec une danseuse, passe encore… marmonne-t-il pour lui-même (ça l'aide toujours de parler à voix haute quand il réfléchit). Mais un ptérodactyle ! Au XXe siècle !

Il hausse les épaules, ce qui est chez lui un signe de trouble profond, tant il est mesuré en temps normal. Le voilà avec une affaire énorme sur les bras ! Lui qui ne rêve que d'un septennat[1] sans histoire. Lui qui a travaillé d'arrache-pied à consolider la Triple Entente entre la France, l'Angleterre et la Russie face à l'Allemagne qui ne rêve que de rompre son isolement et d'étendre son empire colonial en Afrique, au risque de

1. Période de sept années durant laquelle le président est au pouvoir.

provoquer une guerre ! Un septennat presque achevé, en douceur grâce à ses initiatives discrètes comme l'exige sa fonction qui le place au-dessus des partis. On ne peut lui reprocher grand-chose. Même si les caricaturistes ne se gênent pas ! Il a la sensation d'avoir toujours bien fait pour le pays et le peuple de France. Il a choisi avec discernement les hommes appelés à diriger le gouvernement : Clemenceau, Briand, Caillaux et... peut-être Poincaré dans un futur proche.

Non. C'est incroyable ce qui lui arrive ! Lui que le roi Edouard VII d'Angleterre qualifie d'une « intelligence des plus averties » et qui s'est toujours senti investi d'une mission pour la France ! Bien sûr, il y a eu ces histoires de peine de mort. Il y a toujours été fondamentalement, viscéralement opposé. Mais la dernière campagne de presse réclamant l'exécution de Soleilland lui a fait beaucoup de mal devant l'opinion publique. Surtout quand il l'a gracié...

Mais un ptérodactyle ? À notre époque ? Non, c'est trop...

À cet instant précis, le monstre échappé du Jardin des plantes passe en coup de vent, là, devant les fenêtres de l'Élysée ! Fallières sursaute, pousse un cri et porte une main à son cœur. Dans l'ordre qu'on voudra. Mais ce cri provoque l'entrée immédiate de Louis dans le bureau présidentiel.

– Vous m'avez demandé, Monsieur le Président ? demande le secrétaire, empressé et quelque peu étonné.

Le président met un certain temps à répondre. Il tourne un peu sur lui-même, hésitant. Il a l'air un peu perdu. On le serait à moins.

Voir un monstre volant du jurassique passer juste sous ses fenêtres quand on est le président d'un des plus grands pays d'Europe, voire du monde... Que penser ?

Armand Fallières sait qu'il n'a pas pu être victime d'une hallucination. Et ce monstre rougeâtre avait l'air bien réel. Mais comment est-ce possible ?

Louis attend toujours les ordres de son président. Il toussote discrètement. Le président perd son air absent pour en reprendre un très digne, malgré son toupet[1] bien dressé sur sa tête, que les caricaturistes ne se sont pas gênés pour rendre célèbre. Sans savoir que la prolifération de leurs caricatures a permis d'asseoir la popularité d'un homme dont la bonhomie et la simplicité rassurent et a attiré la sympathie d'un large public, qui voit en lui l'image du républicain idéal.

Le républicain idéal se reprend, même s'il a du mal à avaler ce qu'il vient de voir de ses propres yeux. Un ptérodactyle devant les fenêtres de l'Élysée !

– Euh… finit par dire le président Armand Fallières. Oui ! Appelez-moi l'Intérieur !

1. Touffe de cheveux.

12

Où comment la chaîne de commandement dégringole jusqu'en bas de l'échelle, ce qui n'est pas toujours la meilleure solution…

Dans son imposant et cossu bureau de Matignon, le ministre de l'Intérieur est assis. Il a fini de lire les journaux et il soupire quand son téléphone direct sonne. Dans son for intérieur, le ministre vomit cette invention récente qui dérange fatalement ses habitudes et la routine de son existence politique. Mais c'est le président, qui l'appelle !

– Mes respects du matin, Monsieur le président, dit le ministre quelque peu surpris.

– Dites-moi, Georges, cette affaire de ptérodactyle me paraît sérieuse. Peut-être un groupuscule anarchiste qui cherche encore à nous déstabiliser ? Faites le nécessaire et tenez-moi au courant !

– Vous pouvez compter sur moi, Monsieur le Président, affirme le ministre d'un air décidé.

Puis il se tourne vers son secrétaire, qui attendait patiemment de savoir ce que contenait cet appel matinal.

– Appelez-moi le préfet de police ! dit le ministre.

Dans son bureau de la préfecture de police, le préfet Lépine est au téléphone. Il a bien du mal à accepter le ton avec lequel le ministre de l'Intérieur lui parle, mais malheureusement, il ne peut pas répliquer. Et il n'en prendrait jamais le risque, ça se sent dans l'air servile qu'il adopte en écoutant se déverser la colère de son ministre référent.

– L'affaire du ptérodactyle traîne en longueur ! Trouvez quelqu'un d'énergique ! Le président attend des résultats avant la fin de la semaine !

– Je fais le nécessaire, Monsieur le Ministre.

Apparemment, le ministre, après cette diatribe[1], a déjà raccroché. Le préfet Lépine n'en croit pas ses oreilles. Comment ce politicard ose-t-il lui parler sur ce ton ? À lui qui a monté la brigade fluviale, développé les brigades cyclistes, doté les gardiens de la paix d'un bâton blanc et d'un sifflet, équipé la voie publique de cinq cents avertisseurs téléphoniques pour alerter les pompiers, réorganisé la réglementation de la circulation en instaurant les sens uniques et les sens giratoires et encouragé les débuts de la police scientifique de Bertillon !

Lui que son ami Émile Laurent, préfet hors-cadre et secrétaire général de la préfecture de police, a alerté sur le marasme des petits fabricants de jouets et d'articles de Paris et qui a donc créé, en 1901, un concours doté d'un prix de 100 francs pour relancer ce secteur d'activité. Lépine s'en souvient. C'est un certain Monsieur Chasle qui avait obtenu la première récompense pour son « jeu des œillets » face à 370 concurrents. Et il lui avait remis la première médaille de ce qui devait devenir le concours Lépine… Une grande réussite. À lui qui exerce sa fonction depuis 1899 avec brio et modestie, on ose parler comme ça ?

Il regarde la page de ses Mémoires qu'il était en train d'écrire :

– Un préfet de police qu'on ne voit pas, dont on ne connaît pas la physionomie par les caricatures des journaux, qu'on n'a pas coudoyé dans les rues, avec lequel on n'a pas échangé quelques propos, ce préfet-là peut avoir toutes les qualités du monde ; pour le Parisien, il lui en manquera toujours une : ce n'est pas son homme.

Oui, et surtout pas pour le ministre de l'Intérieur !

---

1. Critique, reproche.

Le préfet Lépine prend sur lui, respire un grand coup devant cet affront, et décroche un autre téléphone qui le relie directement au Quai des Orfèvres. Finalement, cette nouvelle invention a certains avantages…

C'est le commissaire principal Dugommier qui reçoit l'appel direct du préfet dans son bureau du Quai des Orfèvres. Dugommier n'aime pas ça. Et puis il a horreur du téléphone. Son assistant semble inquiet d'avoir reçu un appel sur cette ligne.

– Dites-moi, Dugommier, fait le préfet dans le combiné, qui est en charge de l'affaire du ptérodactyle ?

– Le commissaire Poissard ! répond Dugommier, ravi de se débarrasser de cette patate qu'il sent très, très chaude, au vu du ton du préfet.

– Avec un nom pareil, faut pas s'étonner que l'enquête piétine ! Mettez-moi quelqu'un de plus énergique, un limier[1] ! Et donnez-lui soixante-douze heures pour me rapporter des résultats !

– Je m'en occupe immédiatement, monsieur le Préfet.

Dugommier constate que le préfet a raccroché avec une rapidité et une violence de mauvais augure. Il repose lentement le combiné sur son socle et se tourne vers son assistant, un moustachu d'une pâleur de cire. Dugommier prend sa respiration, puis se met à hurler :

– Trouvez-moi Cheval !

1. Policier, détective (familier).

Le commissaire Cheval est lui aussi assis dans son bureau. À force de descendre dans la hiérarchie de l'ordre public, on arrive dans des lieux de moins en moins luxueux, dans de simples officines marquées par le travail quotidien au service de l'État, qui met en général ses dorures en haut lieu, et pas chez le commissaire Cheval. Mais bon, son bureau est tout de même spacieux et doté du téléphone. Et comme le commissaire Cheval a rarement l'habitude de recevoir un coup de fil du commissaire principal Dugommier du Quai des Orfèvres, il est au garde-à-vous, le téléphone collé à l'oreille.

– Cette affaire doit être classée au plus vite, Cheval ! ordonne la voix du Quai des Orfèvres, chargée de tous les ors et de tout le poids de la République qui lui sont dégringolés dessus. Je vous donne quarante-huit heures !

– C'est comme si c'était fait, Monsieur le Divisionnaire !

Et à la toute fin de cette journée très agitée, mais où le temps de chaque réflexion de chacun des rouages de cette hiérarchie a gaspillé des heures précieuses, alors qu'il fait déjà nuit et qu'il a travaillé toute la sainte journée, le pauvre inspecteur Caponi rentre chez lui, épuisé et ignorant tout de cette cascade de coups de téléphone.

Dans son petit intérieur de célibataire, l'inspecteur accroche son manteau sur un cintre et jette son chapeau sur un fauteuil. Puis il s'écroule de tout son long sur le lit de sa modeste chambre. C'est à cet instant que le téléphone sonne. Le policier sursaute comme s'il dormait déjà. Il se relève et va décrocher, ne serait-ce que pour interrompre cette sonnerie infernale.

– Caponi, dit-il dans l'appareil.

– Cheval, dit la voix autoritaire du commissaire à l'autre bout du fil. Et l'inspecteur sent venir les emmerdements.

– Mes respects, Monsieur le Commissaire, dit-il d'une voix fatiguée et un tantinet anxieuse.

– Caponi, continue Cheval, il est temps que vous montiez en grade. Je vous ai mis sur l'affaire du ptérodactyle. Ne me décevez pas, Caponi ! La réputation de la maison est en jeu !

– Je… je vais m'y employer, commissaire, réplique l'inspecteur, très surpris de cette future promotion subite.

– Vous avez vingt-quatre heures ! précise le commissaire Cheval.

– Merci, commissaire, dit Caponi en grimaçant. Mais heureusement, personne ne le voit.

Il raccroche, car le commissaire a déjà raccroché. Il pousse un grand soupir…

– Mais d'où peut bien venir un tel animal, dit-il en regardant le téléphone, puis la fenêtre qui ne reflète que la nuit de Paris. Oui, d'où ? Au début du XXe siècle… Tout de même…

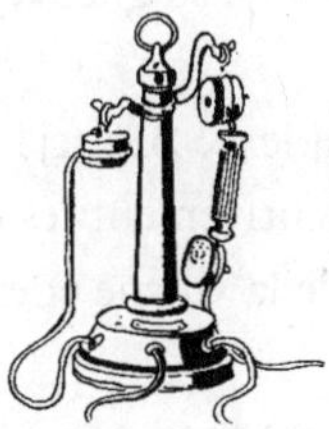

13

Qui était le premier ? L'œuf, ou le ptérodactyle ?

Le lendemain matin, d'autres protagonistes de cette histoire tiennent la réponse à la question de Caponi. Ou à peu près…

Le professeur Ménard est avec son jeune assistant, Andrej Zborowsky, devant la vitrine qui contient encore les restes de l'œuf cassé. Le professeur ajuste ses lunettes, comme pour mieux constater l'incroyable. L'amoureux transi d'Adèle Blanc-Sec ne peut que bégayer devant l'étendue des dégâts.

– Il… il n'était pas comme ça, avant ? dit le jeune homme.

– Bien sûr que non, Andrej ! Je m'occupe de cet œuf depuis son arrivée ! Je l'ai tellement choyé que j'ai parfois l'impression de l'avoir pondu moi-même !

– Qu'est-il arrivé, alors ?

– Hier matin, répond avec patience l'éminent professeur, le gardien constate que la vitrine est brisée. Il met l'incident sur le compte d'un visiteur imprudent et remplace tout simplement la vitre.

– Les gens sont vraiment peu soigneux, fait pertinemment remarquer Zborowsky.

– L'affaire est plus complexe, Andrej ! s'agace légèrement le professeur Ménard. Regardez attentivement les débris.

Zborowsky s'approche de la vitrine et examine la coquille d'œuf avec une attention soutenue.

– La plupart sont encore tenus par la membrane amniotique[1], comme si la force qui avait cassé cet œuf venait…

– De l'intérieur ? fait Andrej Zborowsky, d'un air effaré.

– Exactement, réplique Ménard.

---

1. Tissu à l'intérieur de l'œuf protégeant le fœtus.

– Mais cela signifierait que l'œuf…

– A éclos, oui, Zborowsky, après cent trente-cinq millions d'années de gestation, il est sorti de sa coquille et s'est envolé ! Par là !

Le professeur Ménard lève brutalement le bras et le doigt pour désigner le trou de la verrière. Zborowsky en reste bouche bée… Une attitude qui lui va assez bien.

– Mais alors, dit-il, cela a peut-être un rapport avec le ptérodactyle dont parle toute la presse ?

– Zborowsky ? Vous auriez fait un très bon policier ! dit Ménard d'un ton moqueur.

Il se retourne pour tomber nez à nez avec un véritable policier, l'inspecteur – bombardé futur commissaire – qui les salue d'un petit geste du chapeau.

– Inspecteur Caponi. Professeur Ménard ? dit le gros flic moustachu.

Instinctivement, Ménard s'est mis devant l'œuf, ou ce qu'il en reste, comme pour le protéger.

– Euh, oui… et que puis-je faire pour vous, inspecteur ?

Caponi sort un carnet pour rendre des notes.

– Je suis en charge de l'affaire du pétrodactyle !

– Ptérodactyle, rectifie Ménard.

– Euh… oui. Vu que vous avez tout un tas d'ossements dans votre musée, j'ai pensé que vous pourriez me donner quelques renseignements.

– Ma connaissance se limite à l'époque du crétacé[1] ! Je vous conseillerais plutôt d'aller voir un spécialiste du jurassique !

– Écoutez ! fait Caponi qui n'aime pas beaucoup que des « savants » lui en remontrent sur la procédure, j'ai vingt-quatre heures pour résoudre cette enquête, alors je n'ai pas vraiment le temps de visiter le Jura !

1. Période géologique succédant au jurassique.

Ménard et Zborowsky se regardent, interloqués.

– Laissez-moi vous trouver un spécialiste sur Paris, alors ! dit le professeur Ménard.

– C'est fort aimable, répond l'inspecteur, tout content.

Puis il contemple ce qui reste de l'œuf dans la vitrine brisée et conclut, en se léchant presque les babines :

– Dites-donc, on pourrait faire une sacrée omelette avec un œuf pareil !

Le professeur Ménard entraîne le policier jusque dans son bureau, un endroit qui effraye quelque peu Caponi, car les dizaines d'étagères de livres sont également garnies de bocaux bizarres, pleins de petits êtres étranges et autres fœtus qui nagent dans le formol. Pour ne pas regarder ce qui s'étale sur les étagères, Caponi se concentre sur le professeur Ménard, qui écrit une adresse sur un papier, puis le tend à l'inspecteur.

– Merci, professeur. Je vous tiens au courant !

– Avec plaisir, réplique Ménard qu'on sent soulagé de voir repartir ce flic et ses hommes.

Une fois certain que Caponi ne reviendra pas sur ses pas, le jeune Andrej Zborowsky se tourne vers son patron.

– Qu'est-ce qu'on fait, professeur ?

– Le ptérodactyle est un animal sédentaire. Il y a neuf chances sur dix pour qu'il ne s'éloigne jamais vraiment de là où il est né ! Alors on ne fait rien… et on l'attend !

14

Mais que cherche donc cet animal
issu du fond des âges ?

Il vole, il survole l'immense cité blanche, grise et noire de charbon et de suie, incompréhensible pour lui, et le fleuve qui la traverse comme un immense serpent étincelant sous le soleil d'hiver. Le ptérodactyle est encore malhabile comme tous les très jeunes animaux, qu'ils viennent du jurassique ou qu'ils soient nés à Paris – ce qui est également son cas, malheureusement pour lui. Il erre dans le ciel de la capitale, comme un vautour en quête d'une proie.

Comme il fait un froid de canard, les Parisiens ne lèvent pas trop le nez, ils ont tendance à regarder leurs pieds pour éviter d'éventuelles plaques de glace, et ce malgré l'intense campagne de presse qui les alerte sur le monstre aérien. Heureusement pour eux.

Le reptile volant se soucie bien peu des terribles problèmes qu'il pose sans le savoir. Mais quelque chose semble l'appeler. Et ça, dans son vol silencieux au-dessus des toits, il l'entend, de plus en plus présent. C'est comme un son lointain, une vibration, un cri qui sonne familier, comme si l'un de ses parents était là, dans ce paysage inconnu de lui et de sa jeune mémoire. Le ptérodactyle cherche sa provenance. C'est l'instinct qui l'anime. C'est tout bête, l'instinct…

Dans son salon de la place des Pyramides, encombré de tous ces objets qui sont toute sa vie de savant et d'érudit, le professeur Espérandieu bat des bras comme il le faisait la dernière fois que nous

nous étions intéressés à lui. D'une voix extatique, il murmure, de plus en plus fort.

– Viens ! Viens !

Dans le ciel, le ptérodactyle survole les Tuileries, il hésite, se rapproche en cercles larges de la place où se dresse la statue de Jeanne d'Arc, indûment arrosée par Ferdinand Choupard quelque temps auparavant, lors de cette nuit qui l'a marqué à vie.

L'animal plus que millénaire rechigne à descendre. Des voitures, des fiacres, et pas mal de ces êtres étranges qui peuplent son nouveau territoire s'agitent bruyamment en dessous de lui, ignorant qu'il pourrait, d'un seul piqué, en détruire ou en avaler quelques-uns. Sans prêter à mal. C'est juste son instinct de prédateur qui le guide, et qui le guidera toujours…

Mais il y a ce mystérieux appel, comme une voix qui s'adresse à lui dans des mots qu'il ne connaît pas… Il descend, il descend…

Viens, viens ! dit Espérandieu de plus en plus fort, tétanisé dans son salon.

Puis le vieux professeur se tait soudain. Sa double fenêtre du quatrième étage est grande ouverte et le ptérodactyle vient de se poser, griffant de ses serres acérées la rambarde de la fenêtre. Il contemple l'être étrange qui lui murmure doucement des choses qu'il ne comprend pas, mais il n'y a aucune agressivité dans la voix de ce vieillard, de cet humain bizarre qui arrive à lui parler. L'animal ouvre ses grands yeux de reptile, perplexe.

– Viens, viens à moi, je t'en supplie !… Viens ! dit Espérandieu à mi-voix, avec une extrême douceur.

Mais la bête hésite.

En bas, sur la place des Pyramides, le premier badaud qui lèverait le nez pourrait distinguer la silhouette du jeune monstre volant, sur la rambarde du balcon du quatrième d'un des immeubles qui entourent Jeanne d'Arc de trois côtés. L'animal finit par entrer dans l'appartement du professeur Espérandieu, auteur du célèbre ouvrage (enfin, célèbre dans certains milieux bien informés) *Y a-t-il une vie après la mort ?*

C'est à cet instant précis que Caponi sort de la voiture de fonction qui l'amène justement chez Espérandieu. Il regarde le papier que lui a remis le professeur Ménard et s'adresse à son principal sous-fifre.

– C'est ici, au numéro 4, Bertrand ? dit-il. Allez me chercher un café bien noir et quelque chose à manger ! J'arrive pas à réfléchir quand j'ai l'estomac vide !

Et quand on observe l'embonpoint de l'inspecteur Caponi, presque passé commissaire par la grâce de toute une chaîne hiérarchique dont il ignore les tenants et les aboutissants, on le comprend. Il a un corps à nourrir. Et un cerveau.

Au quatrième étage, le ptérodactyle s'est avancé prudemment au milieu du salon, malhabile dans sa démarche et encombré par ses larges ailes et son long bec.

Le professeur Espérandieu, l'air ravi, s'est levé de son fauteuil. Il s'est rendu dans sa cuisine, et maintenant, il jette des côtes de bœuf entières que l'animal attrape au vol. Espérandieu avait apparemment prévu que son expérience réussirait et il avait stocké des quantités de viande considérables. Il arbore maintenant un sourire épanoui, ce qui lui fait tout de même une drôle de tête.

– Tu as faim, c'est ça, hein ? dit-il, réjoui. Vas-y, mange, mon bébé !

Et il balance une nouvelle côte de bœuf au jeune ptérodactyle, quand soudain, la sonnette de la porte d'entrée retentit.

Espérandieu écarquille les yeux. Qui peut bien venir chez lui à cette heure-ci ? Il n'attend personne…

C'est l'inspecteur qui est sur le palier, un peu essoufflé par les quatre étages.

La porte d'Espérandieu s'entrouvre et le vieux professeur passe timidement la tête. Il a l'air un peu nerveux. Faut dire que Caponi, même s'il esquisse un sourire aimable, a exactement l'allure du flic qu'il est, et qu'il est suivi de son adjoint Bertrand et d'autres flics en tenue. Il faut également tenir compte du fait qu'Espérandieu n'aime pas du tout être dérangé, en général, et en particulier quand il a enfin réussi à faire venir son « bébé » et que la bête est en train de manger dans le salon.

– C'est pour quoi ? demande Espérandieu, gentil mais un peu tremblotant.

– Inspecteur Caponi. J'ai quelques questions à vous poser sur les pedrodactyles.

– ptérodactyles, corrige Bertrand, provoquant un soupir de lassitude chez son chef.

– Oui, continue Caponi, et on m'a dit que vous étiez un spécialiste en la matière…

– Euh… En effet, mais c'est-à-dire que là… j'allais passer à table !

– Ah ! Je ne pouvais pas mieux tomber, alors ! s'exclame Caponi.

Le professeur ouvre la porte, laisse entrer le futur commissaire et ses hommes, avec un bruit de godillots[1] incongru dans l'atmosphère feutrée de cet appartement débordant d'objets étranges et de meubles anciens, de vitrines et de livres rares.

Là, on craint le pire pour Espérandieu, car le ptérodactyle qui terrorise Paris est plus que probablement toujours dans l'appartement en train de finir son déjeuner.

Mais, surprise, on ne voit plus que la moitié du salon, car Espérandieu a tiré un double rideau en velours épais, qui sépare la pièce en deux. Et plus trace du monstre.

Caponi remarque les étranges objets anciens disposés en cercle sur le sol. Ce n'est pas qu'il soit un très bon flic, contrairement à l'idée qu'il se fait de lui-même, mais il aurait été difficile de ne pas les voir, et Espérandieu n'a pas eu le temps de ranger. Caponi est un peu intrigué.

– Dites donc, dit-il, il fait bien sombre chez vous ?

– Je… je suis sensible à la lumière, bredouille le professeur, puis il ajoute : « Je vous en prie, asseyez-vous ».

Caponi pose son chapeau sur la table et s'assied. Bertrand lui tend un café et un torchon.

1. Chaussures (péjoratif).

– Ah, merci Bertrand. Vous permettez ? dit-il à Espérandieu, je n'ai rien avalé depuis hier.

– Faites, répond le vieux savant.

– Merci.

– Bon… Comment puis-je vous aider ? demande le professeur, de plus en plus inquiet et impatient de voir toute cette flicaille sortir de chez lui.

Caponi ouvre le torchon à carreaux que Bertrand lui a donné.

– Tout d'abord, en nous parlant un peu de l'animal, de ses habitudes, d'où il dort, de ce qu'il mange ?

– Euh… fait Espérandieu. On ne connaît pas bien ses habitudes, vous savez. On sait qu'il est plutôt carnivore…

– Ah ? Je le comprends, l'animal ! s'exclame Caponi, reprenant du poil de la bête dès qu'on évoque l'idée d'une bonne bouffe. Rien de meilleur qu'une bonne côte de bœuf, bien saignante !

Mais quand Caponi regarde ce que contient le petit torchon que lui a donné Bertrand, il grimace, effondré : il n'y a que des œufs durs.

– Désolé, chef, dit Bertrand, il n'y avait rien d'autre.

– Continuez, professeur, dit le policier en soupirant de dépit. Je vous écoute.

Aucun des flics ne le remarque, mais ça bouge un peu derrière l'épais rideau de velours. Espérandieu est de plus en plus mal à l'aise.

– Eh bien… D'une envergure d'environ 6 mètres à l'âge adulte, il peut voler pendant plusieurs heures… À la recherche de sa nourriture, qu'il… rapportera au nid familial…

Caponi écoute comme à l'école, se préparant à éplucher son premier œuf dur. Il s'arrête subitement.

– Ah bon ? Vous pensez qu'ils sont plusieurs ? demande-t-il, d'un air inquiet.

– Non ! Non ! réplique très vite Espérandieu. Il n'y en a qu'un !

Caponi est visiblement soulagé. Les autres flics aussi.

–… Enfin… Je veux dire, reprend Espérandieu, qu'à l'époque, quand ils étaient en couple, la nourriture et la fabrication du nid étaient l'essentiel de leurs activités. L'accouplement avait lieu une fois par an et, pour des raisons encore inconnues, ils ne pondaient qu'un seul œuf à la fois…

Caponi sourit, tout en cassant la coquille de son œuf dur sur le coin de la table. Il trouve tout ça plutôt rigolo, l'inspecteur. Mais pas le ptérodactyle qui vient de passer un œil entre les deux rideaux. Un gros œil effrayant que personne ne remarque, attentif qu'ils sont tous à la passionnante leçon d'histoire naturelle du professeur Espérandieu.

–… ce qui explique en partie leur agressivité, continue Espérandieu, surtout quand il s'agissait de défendre leur seule et unique progéniture.

Amusé, Caponi saisit son œuf épluché, ouvre la bouche et s'apprête à l'avaler, sous l'œil vengeur et terrifiant du reptile volant.

Tétanisant toute l'assemblée, le ptérodactyle pousse un cri assourdissant, sorti d'un autre âge, et s'élance dans la pièce, arrachant le rideau et frappant Caponi qui, sous le choc, se coince l'œuf dur dans le gosier !

L'animal préhistorique bondit et tente de voler dans le salon, dévastant tout sur son passage. La panique est générale. Les flics reculent, effrayés. L'inspecteur Bertrand n'arrive pas à sortir son arme. Caponi s'étouffe de plus en plus, il est violet, il se tient la gorge. Espérandieu s'affole, court en tous sens, et sa voix peine à dominer les cris du monstre volant.

– Calme-toi ! hurle le professeur d'une voix que l'angoisse rend stridente. Je t'en prie ! Calme-toi !

Mais ces suppliques ne font qu'ajouter à la pagaille. Le ptérodactyle renverse tout sur son passage, flics, meubles, vitrines, livres. Et Espérandieu essaye de le saisir dans ses bras. En vain. C'est comme un tourbillon fatal dans la pièce.

Un des policiers parvient enfin à sortir son arme de service. Il tire quelques coups de feu. N'importe comment, manquant de beaucoup le terrible animal et de très peu l'inspecteur Caponi qui titube toujours, étouffé par son œuf dur !

Le ptérodactyle réussit à trouver la fenêtre ouverte et s'envole dans le ciel de Paris, en poussant un hurlement sauvage.

Les flics sont hébétés. Sauf Caponi qui suffoque. L'inspecteur Bertrand s'en aperçoit soudain. Il vient taper un grand coup dans le dos de son chef. L'œuf dur jaillit du gosier de l'inspecteur, traverse la pièce et s'écrase sur un mur, dans les débris d'une bibliothèque. Caponi reprend difficilement ses esprits.

Espérandieu est affolé, navré, désespéré…

– C'est… c'est à cause de l'œuf, bredouille-t-il… Il n'a pas supporté…

L'inspecteur reprend son souffle et, du violet, il passe au rouge d'une énorme colère.

– Embarquez-moi ce malade !!! hurle-t-il, fou de rage.

15

Où Adèle règle quelques détails d'édition avant de se pencher sur les vrais problèmes...

Quelques semaines ont passé. Le ptérodactyle continue à faire parler de lui, mais, même s'il semble qu'il n'y ait pas d'autres victimes – humaines en tout cas – sa présence sème encore la terreur dans la capitale.

Dans un nuage de fumée et de vapeur et un grand crissement de roues, une locomotive freine, puis ses bielles[1] cessent leur mouvement mécanique, et un train ralentit et s'arrête enfin le long d'un quai de la gare du Nord. Derrière une petite barrière, des gens attendent l'arrivée des voyageurs, femmes, enfants, époux, amis ou grands-parents.

Plus loin sur le quai, des voyageurs commencent à descendre. La tête d'Adèle Blanc-Sec apparaît à la portière, coiffée d'un élégant chapeau dans les tons vert et mordoré[2]. Adèle semble sur ses gardes. Elle observe le quai. Personne à droite, personne à gauche. Elle disparaît à nouveau dans le wagon pour réapparaître en tirant une longue caisse en bois, qui tape chaque marche du marchepied pour dégringoler bruyamment sur le quai.

Adèle se penche sur la longue boîte.

– Désolée, murmure-t-elle.

Un porteur s'avance avec son chariot.

– Un porteur ? demande-t-il avec un imparable sens de l'à-propos.

– C'est préférable, répond Adèle.

---

1. Axes de transmission qui engendrent le mouvement.
2. De couleur brune avec des reflets dorés.

L'homme soulève la caisse avec quelque difficulté, regardant Adèle en se demandant ce qu'une jeune et jolie femme comme ça peut bien transbahuter[1] de si lourd, toute seule dans un train. Puis il aperçoit avec horreur toutes les valises d'Adèle.

Le chariot roule vers le bout du quai et Adèle aperçoit soudain, parmi les gens qui attendent les voyageurs, François-Xavier Bonnot, son éditeur. C'est un homme d'une quarantaine d'années, élégant, avec de fines lunettes d'intellectuel. Il lui fait un signe de la main. Adèle se mord discrètement les lèvres, mais elle est coincée.

– Ah ! François-Xavier ! C'est gentil de venir me chercher ! dit-elle, feignant avec brio un bonheur qu'elle est loin d'éprouver.

L'éditeur lui sourit et se met à déclamer :

– Ma chère Adèle, si je veux caresser l'espoir
Entre deux voyages, de vous apercevoir,
J'ai intérêt à fréquenter les ports et les gares !

–… Vous avez profité de mon absence pour vous mettre aux vers ? demande Adèle d'un petit air mutin[2].

– On peut être éditeur pour gagner sa vie et poète à ses heures perdues, répond Bonnot.

Ils ne disent plus rien pendant un certain temps, suivant le porteur qui pousse les bagages et la lourde caisse d'Adèle jusqu'à la station de taxis. Adèle fait des sourires. Son éditeur aussi. Adèle semble vouloir lui dire qu'elle ne tient pas à parler de son voyage devant les porteurs qui accrochent la caisse à l'arrière d'un taxi. François-Xavier acquiesce discrètement. Il ouvre la portière pour Adèle et monte à son tour dans le taxi qui démarre en cahotant un peu.

---

1. Transporter.
2. Malicieux.

– 28 rue Dufour, s'il vous plaît, dit Adèle au chauffeur.

Et le taxi s'élance dans les rues de la capitale, qui sont assez encombrées, ce qui ne s'arrangera probablement pas dans les années à venir.

– Alors ?… Ose enfin demander François-Xavier Bonnot, qui ne peut plus cacher son excitation, le Pérou ?

Pour masquer qu'elle cherche une réponse, Adèle prend un de ses airs inspirés, lèvres un peu pincées, yeux plissés comme fixés vers l'infini.

– Loin, dit-elle… Très loin !

– Et très haut, surtout ! Avez-vous pu monter jusqu'au Machu Picchu ?

– Oui, bien sûr, tous les matins !

L'éditeur est trop curieux, trop excité. Il ne se rend même pas compte que la circulation est bloquée. Le chauffeur de taxi s'en fiche. Le compteur tourne.

– Et… demande Bonnot, serait-ce trop indiscret de vous demander quel trésor vous nous rapportez encore, dans cette belle boîte ?

D'un geste, il désigne l'énorme caisse accrochée derrière le taxi. Adèle refait cette moue classique chez elle, qui lui donne l'air de la première femme qui aurait grimpé l'Everest en solitaire.

– Une… flûte, improvise-t-elle. Des Andes. Grand modèle.

– C'est tout ? fait François-Xavier, visiblement un peu déçu.

Adèle continue à broder. Et même si elle n'a pas du tout le caractère à finir dentellière, broder avec des mots, ça elle sait très bien le faire.

– Une flûte sacrée ! Que j'ai arrachée au tombeau royal du dernier des chefs incas !

– Non ? fait François-Xavier, avec la bouche en cul-de-poule.

– Si ! La légende dit qu'elle est mortelle pour celui qui n'en joue pas correctement.

– Bonté divine !

– À qui le dites-vous ! Quoique, ajoute Adèle d'un air songeur, mourir en musique ne doit pas être si désagréable !

Dehors, ce n'est pas de la musique qu'on entend. Mais un concert de cris. Le taxi ne démarre toujours pas. Adèle, qui est d'une nature assez impatiente, commence à ronger son frein.

– Mais comment avez-vous pu vous emparer d'un tel objet ? continue l'éditeur. Dans ces vallées perdues, les indigènes ne voient-ils pas les étrangers comme de vulgaires brigands ? Prêts à tout pour dépouiller leurs morts ?

– J'ai une tête à piller des tombes ? réplique Adèle, jouant les vexées. Tout en pensant à cette crapule de Dieuleveut dans les caves millénaires d'Égypte. A-t-il brûlé dans la salle de soins ? Elle l'espère en secret.

– Certes non ! proteste l'éditeur. Je suppose que votre espagnol irréprochable a dû vous être fort utile ?

– Exactement ! réplique Adèle, saisissant la balle au bond pour chasser ce pénible souvenir d'Égypte. Or, elle ne parle pas un mot d'espagnol, ce qui ne l'empêche pas d'ajouter :

– Un coup de castagnettes et le tour était joué !

François-Xavier Bonnot la fixe avec des yeux humides d'émotion admirative, pendant qu'Adèle regarde dehors. Puis elle se penche vers le chauffeur, exaspérée.

– Dites donc, mon brave, on n'a pas loué votre cabine en chambre d'hôtes !

– Je ne demande qu'à avancer ma p'tite dame, mais il y a ces foutus canassons qui bouchonnent la sortie avec leurs carrioles !

– Quand vont-ils enfin prendre la décision d'interdire les chevaux dans Paris ! s'énerve François-Xavier. On est au XXe siècle, tout de même !

Adèle passe la tête par la portière du taxi et hurle aux chevaux, en arabe :

– Ansarif-min ouna ya-himar wa-illa ou qati'ouka iraben !!!

Les chevaux s'affolent et partent dans tous les sens dans un grand concert de hennissements et de claquements de sabots sur le pavé. C'est la panique dans la rue, mais la voie se dégage.

Adèle rentre la tête dans la voiture et regarde son éditeur qui est totalement médusé.

– Bon. Et à part ça, Labesse ? dit-elle avec son sourire charmeur.

François-Xavier Bonnot ouvre de grands yeux. Sait-il, ou pas, que Labesse, en arabe, signifie : « Alors ? En forme ? » Et s'il le sait, pourquoi diable Adèle Blanc-Sec lui parle-t-elle en arabe, alors qu'elle revient du Machu Picchu péruvien ? L'éditeur reste coi.

Et le taxi redémarre.

16

À la vie, à la mort…
Et à bien d'autres problèmes encore…
Notamment celui d'être coincé entre les deux…

Quand Adèle Blanc-Sec arrive enfin devant la porte de son appartement, elle reprend un instant son souffle. Pas forcément à cause de la grande caisse en bois qu'elle vient de charrier jusque-là, ni du soulagement d'être enfin débarrassée de François-Xavier Bonnot, charmant éditeur au demeurant, mais un peu collant tout de même. Non. Elle sent son cœur battre anormalement fort. C'est l'émotion. Et pas seulement l'émotion de retrouver son appartement, son havre de paix, son nid propice aux rêveries et à l'écriture, à l'élaboration de ses pensées aventureuses et aux prises de décisions radicales qui agitent sa jeune existence depuis quelques années. Non. Pas seulement.

Elle sait que sa sœur l'attend, là, dans la chambre à côté.

Mais ce n'est pas sa sœur qui lui ouvre la porte. C'est Miranda, la concierge de l'immeuble, à l'embonpoint aussi prononcé que son franc-parler.

– Mademoiselle Adèle, dit la bonne grosse dame, qu'est-ce que vous nous avez encore rapporté comme cochonneries ?

– Miranda ?! Surveillez votre langage ! réplique Adèle, persuadée qu'elle est que le contenu de la caisse est capable d'entendre tout ce qui se dit aux alentours. Et aidez-moi plutôt à rentrer les bagages ! ajoute-t-elle.

Prenant la grande caisse à bras-le-corps, Adèle la soulève et traverse l'entrée de l'appartement pendant que Miranda attrape les valises posées sur le palier.

– Oui, dit Miranda derrière elle. Ça se voit que c'est pas vous qui faites le ménage ! C'est bien joli vos vieilles reliques, mais c'est des vrais nids à poussière !

Adèle pénètre dans le salon et pose la caisse debout à côté d'une haute vitrine en acajou. Le salon, comme tout l'appartement, est cosy et assez chargé, voire encombré. C'est une sorte de mélange entre la bibliothèque d'un philosophe et l'entrepôt d'un brocanteur passionné d'archéologie, voire d'ésotérisme[1], qui aurait été occupé également par un explorateur de contrées lointaines… une jungle de plantes vertes, avec, bien entendu, une touche féminine évidente. Et pas mal de poussière, malgré les efforts autoproclamés de la brave Miranda.

Adèle aperçoit un gros tas de courrier sur la table, à côté des journaux du jour.

– C'est quoi tout ce courrier ?

Comme pour prouver son efficacité, Miranda est déjà en train de défaire les bagages d'Adèle.

– C'est le petit monsieur qui travaille au Jardin des plantes. Il vous a écrit une lettre par jour, sauf le lundi où il en envoie deux pour se rattraper du dimanche !

Fronçant un peu les sourcils, Adèle examine les enveloppes à la va-vite, puis les repose sur la table. Saisissant un paquet de graines posé sur une console entre deux statuettes et une pile de livres posés de guingois[2], elle se dirige vers la fenêtre et l'ouvre. Elle met plein de graines dans un bac en terre. Des pigeons arrivent aussitôt, se précipitant sur les graines. Pendant ce temps, Miranda est partie dans des souvenirs émus…

---

1. Science traitant des mystères, des pratiques occultes.
2. De travers.

– Ça me rappelle quand j'étais jeune, en Andalousie, dans la famille de ma mère, il y avait un jeune picador, aussi fort que ses taureaux et…

– Et pour le reste, la coupe Adèle en refermant la fenêtre, ça s'est bien passé ?

– Euh, oui, fait Miranda, un peu vexée… Elle a été très gentille ! Par contre, elle mange de moins en moins ! Et il faut faire quelque chose, sinon elle va finir comme un squelette !

Le lecteur aimerait sans doute beaucoup savoir de qui peut bien parler Miranda. Mais n'écoutant visiblement que d'une oreille distraite, Adèle ne répond pas à la grosse concierge et donc le lecteur devra attendre pour en savoir davantage.

Adèle garde les yeux fixés un instant sur la boîte en bois que Miranda ose à peine regarder, sauf en fronçant le nez d'un air dégoûté. Notre héroïne soupire puis, d'un air décidé, elle s'approche de Miranda, la prend par le bras et la ramène gentiment vers la sortie.

– Oui, vous avez sûrement raison ! dit-elle. Merci pour tout, Miranda ! pour votre patience, pour votre disponibilité et surtout pour vos conseils !

Adèle la pousse gentiment sur le palier et lui referme carrément la porte au nez.

Elle prend ensuite une grande respiration, se dirige à nouveau vers le salon, le traverse, et ouvre en grand une double porte qui donne sur une chambre.

La chambre de son secret. La première chose que l'on remarque est une sorte de chaise roulante améliorée, puisqu'elle permet de s'allonger quelque peu. Puis on découvre une jeune femme allongée dans un lit, parfaitement immobile, les yeux grands ouverts, le cou tenu par une espèce de minerve, un plastron[1] assez imposant. Cette pâle jeune femme est reliée à une perfusion installée sur un portique à roulettes. C'est Agathe, la sœur d'Adèle. Son double, son aimée, sa presque sœur jumelle. Son secret.

Adèle la regarde avec une émotion intense, mais Agathe ne semble pas la voir. Elle a les yeux fixés vers un infini qu'elle est seule à voir. Sans se ressembler vraiment, les deux sœurs ont un vague air de famille, un peu comme de fausses jumelles. Détail aussi étrange qu'affreux, sur le front d'Agathe, la pointe d'une fine aiguille dépasse légèrement.

Adèle n'avait donc pas menti sur l'état de santé de sa sœur. Mais comment expliquer la présence de cette tige acérée qui dépasse du crâne d'Agathe ?

Adèle s'assoit à côté de sa sœur et lui caresse la joue, émue, lui parlant gentiment, comme à une personne tout à fait normale, alors qu'elle semble plongée dans un état catatonique[2], même si elle a les yeux ouverts.

– Alors, dit Adèle, mademoiselle refuse de manger ? Mais tu n'as pas très bonne mine.

Notre héroïne s'empare d'un petit nécessaire de beauté et, avec des gestes rendus maladroits par l'émotion, elle met un peu de rouge sur les joues pâles de sa sœur.

– Tu es toujours aussi jolie, dit-elle... Bon, j'espère que Miranda ne t'a pas trop saoulée avec son Andalousie... Moi j'étais en Égypte... Et je t'ai rapporté une surprise !

---

1. Vêtement rembourré couvrant la poitrine.
2. Faisant totalement abstraction du monde extérieur.

Adèle se relève, s'approche de la grosse boîte en bois et l'ouvre. Le couvercle grince et Patmosis apparaît, toujours dans ses bandelettes.

– Ta-daaa ! chantonne Adèle, comme lorsqu'on annonce une surprise. Je te présente Patmosis. C'est le docteur personnel de Ramsès II, le grand pharaon. Ils étaient très en avance en médecine, tu sais ? Il n'y a qu'à regarder leurs techniques de conservation, par exemple. Ça n'a jamais été égalé jusqu'à présent ! Et je suis sûre qu'avec tous les secrets qu'il détient, il arrivera à te remettre sur pied.

Tout en parlant, Adèle a vidé une grande vitrine d'acajou. Maintenant, elle y installe la momie, délicatement.

– Enfin, ajoute-t-elle... Dès que j'aurai trouvé celui qui pourra le ramener à la vie !

Adèle regarde Patmosis, debout dans sa vitrine. Elle referme la porte vitrée. Puis elle regarde sa sœur, Agathe, toujours aussi immobile, avec cette terrible petite pointe d'acier qui dépasse de son front. Notre héroïne soupire. Mais ce n'est pas de découragement. On dirait plutôt qu'elle rassemble ses forces, face à l'immense tâche qui l'attend pour sauver sa sœur. Qu'elle cherche à raviver l'espoir et l'énergie qui l'animaient quand elle a bravé tous les dangers en Égypte et l'infâme Dieuleveut... Elle jette un dernier regard vers sa sœur, enfile son manteau et se dirige vers la sortie. Elle ouvre la porte et a la surprise de tomber sur un homme, plié en deux sur le palier, penché vers son paillasson !

– Monsieur ? fait Adèle, un peu interloquée.

L'homme se redresse et l'on reconnaît Zborowsky, complètement décontenancé d'avoir été surpris dans une posture si ridicule. Il ôte immédiatement son chapeau pour saluer Adèle.

– Oh, je suis vraiment confus, Mademoiselle Blanc-Sec ! je m'apprêtais à vous glisser un mot sous votre porte et... je ne savais pas que vous étiez rentrée !

– Oui, et je m'apprêtais à sortir !

– Ah ? ! Je ne vous retiens pas, alors, bredouille le jeune homme… Tenez, ajoute-t-il, lui tendant timidement son enveloppe.

Adèle prend la lettre avec un sourire dont Zborowsky ne perçoit pas l'air moqueur.

– J'espère qu'elles sont numérotées, parce que je vais m'y perdre avec toutes vos lettres !

– Oh, oubliez les autres ! réplique Zborowsky très vite. Je veux dire : vous pouvez les lire plus tard, mais… celle-ci est la plus importante !

– Dans ce cas, je la mets au-dessus de la pile !

Joignant le geste à la parole, Adèle revient dans son appartement pour poser la lettre.

Zborowsky, avec la témérité maladroite des amoureux transis, lui emboîte le pas, jetant des regards émerveillés sur le décor de l'élue de son cœur. Adèle pose l'enveloppe sur le tas de lettres.

– Je la lirai dans mon bain, dit Adèle, légèrement provocante. Je lis toujours mon courrier dans mon bain.

– Ah ? fait Zborowsky en déglutissant à cette idée. C'est… c'est gentil…

Le regard d'Adèle est accroché par la une du journal. Il est plié et une seule phrase du gros titre est visible : MARIE-JOSEPH ESPÉRANDIEU. Elle déplie le journal à la hâte pour lire le titre en entier : MARIE-JOSEPH ESPÉRANDIEU EST CONDAMNÉ À MORT.

La jeune femme en laisse presque tomber la feuille de chou. Elle est atterrée.

– Quoi ? dit-elle dans un souffle.

– Je disais, c'est gentil, fait Zborowsky.

– Qu'est-ce que c'est que cette histoire de ptérodactyle ? fait Adèle, les yeux plongés dans le premier paragraphe de l'article sur la condamnation d'Espérandieu.

En fait, elle se parle plutôt à elle-même, comme si elle avait carrément oublié l'insignifiante présence du jeune homme.

– Eh bien, répond Zborowsky, croyant qu'elle s'adresse à lui, justement… c'est à propos de ça que…

Mais Adèle fonce déjà vers le palier, agrippant le jeune homme au passage.

– Dans quelle prison emmène-t-on habituellement les condamnés à mort ? lui demande-t-elle en le fixant soudain droit dans les yeux.

– Euh… la Santé ! bafouille Zborowsky.

Notre héroïne claque la porte et, plantant Zborowsky sur le palier, elle dévale les escaliers en courant.

– Je peux faire quelque chose pour vous, Mademoiselle Adèle ?

– Oui ! Buvez à la mienne ! répond la voix déjà lointaine d'Adèle.

Andrej Zborowsky sourit, mais il n'est pas bien certain d'avoir compris la blague.

17

Tant qu'on a la santé...

Les hauts murs crépis et noirs de suie se dressent jusqu'à l'angle du boulevard. La rue de la Santé est longue et déserte. Qui pourrait bien aimer se promener le long de cette prison où claque de temps à autre la lame de la guillotine, au gré d'une justice aveugle depuis que cet engin de mort a été transféré de la prison de la Roquette ? Pas grand monde, assurément. La petite porte découpée dans les grands vantaux de fer ne s'ouvre que pour quelques rares visiteurs, familles, ou avocats.

Dans sa cellule étroite dont les barreaux noirs masquent le ciel, Marie-Joseph Espérandieu est désespéré. Condamné à mort... Comment est-ce possible ? Comment ont-ils pu l'accuser d'être l'instigateur des malheureux accidents provoqués par le ptérodactyle, alors qu'il a tout essayé pour les empêcher ? Ils se sont moqués de ses théories scientifiques ! Ils l'ont taxé de fou dangereux ! Même les « experts » scientifiques convoqués à la barre ont été unanimes. Un dément, mais responsable de ses actes, car il applique sans vergogne des théories dangereuses pour l'humanité ! Un criminel diabolique, un dément, un fou ne cessaient de répéter ces témoins partiaux, plus virulents procureurs que l'avocat général lui-même ! Son avocat a bien tenté de se faire entendre dans ce concert de vociférations[1]. Mais sa piètre[2] défense n'a provoqué que des ricanements et des cris unanimes, des appels au châtiment suprême pour ce soi-disant éminent savant, chantre du spiritisme et autres folies meurtrières !

1. Cris stridents.
2. Médiocre.

Mais s'il est vraiment fou, n'aurait-il pas dû obtenir la clémence des juges et finir dans un asile ? Non… Il n'a plus d'espoir. Il ne croit même pas à la grâce présidentielle, malgré les démarches entreprises par son avocat. D'ailleurs il n'a même plus envie de le revoir, ce pauvre jeune homme qui n'a pas su se battre pour cette nouvelle science qu'Espérandieu défend, cette conjonction des psychismes qui a fait son malheur… Son avocat… pfft… il bredouillait… Marie-Joseph aurait dû se défendre lui-même… Mais à chaque fois que les juges lui laissaient la parole, les cris de ses détracteurs l'empêchaient de s'expliquer…

Les verrous de sa porte s'ouvrent en cliquetant et un gardien apparaît, bedonnant, rougeaud et moustachu.

– Espérandieu ! Y a votre avocat qui veut vous voir !

Le professeur est très étonné. Il se lève péniblement et suit le gardien.

Après lui avoir fait traverser coursives et couloirs sombres et sales, passer des grilles aux multiples verrous, le gardien finit par le pousser dans une petite pièce qui sert de parloir. Son avocat est là, debout, penché sur sa sacoche posée sur la table, dans laquelle il fouille maladroitement.

– Vous avez vingt minutes, Maître, dit le maton[1].

L'avocat ne répond pas. Il n'a pas l'air de trouver ce qu'il cherche dans sa sacoche. Le gardien sort, les enfermant à double tour dans cette petite pièce seulement meublée d'une table et de deux sièges boulonnés au sol.

Espérandieu se pose sur la chaise comme un grand et vieil oiseau fatigué et regarde son avocat avec étonnement. Mais quand le jeune homme cesse de fouiller dans sa sacoche et relève la tête, ce n'est plus de l'étonnement, c'est de la stupéfaction.

1. Gardien de prison.

C'est Adèle Blanc-Sec ! En robe noire d'avocat ! Avec une fine fausse moustache et les cheveux plaqués sous un chapeau d'homme ! Soit dit en passant, même la moustache lui va à ravir…

– Mademoiselle Blanc-Sec, mais que faites-vous là ?

Adèle pose un doigt sur ses lèvres pour qu'il parle moins fort, puis s'assoit sur la chaise face à Espérandieu.

– Professeur, chuchote-t-elle, écoutez-moi ! J'ai retrouvé la momie de Patmosis !

– C'est pas possible ?! s'exclame Espérandieu, les yeux écarquillés.

– Oui, c'est pas possible, mais j'y suis arrivée quand même, et ne me demandez pas comment !

L'éminent professeur laisse cette information et toutes ses conséquences pénétrer son esprit jusqu'ici obnubilé par le funeste sort qui l'attend.

– Et où est-elle maintenant ? demande-t-il avec cet enthousiasme immédiat propre aux chercheurs passionnés tels que lui.

Une lueur s'allume dans ses yeux tristes et fiévreux, petite étincelle qui lui ferait presque oublier sa condamnation à mort.

– Elle est chez moi, répond Adèle en faisant signe encore une fois au professeur de s'exprimer plus doucement, de peur qu'on ne les écoute. Elle est endormie comme une princesse qui n'attend plus que son prince charmant pour se réveiller.

– Ma chère Adèle, soupire le professeur, j'ai bien peur qu'elle ne doive attendre un autre prince, car je ne vois pas comment je pourrais sortir d'ici… En plus, mon esprit est totalement occupé à contrôler l'animal.

– Le ptérodactyle ? demande Adèle en ouvrant de grands yeux.

– Oui. Je voulais améliorer ma technique en attendant votre retour d'Égypte, et j'ai réussi à donner la vie à cet œuf, vieux de cent trente-cinq millions d'années.

– Parfait ! s'enthousiasme Adèle. Si vous arrivez à réveiller un ptérodactyle, c'est pas une momie de quatre mille ans qui va vous faire peur !

– Peut-être, murmure Espérandieu. Mais l'animal m'épuise. Car dès que je m'assoupis, il reprend son instinct et se met à tuer… Et il faut absolument que je l'en empêche !

Voyant que le professeur se met à trembler d'une sorte de rage impuissante, Adèle lui saisit les mains pour le calmer. Elle plisse les yeux et prend un air sérieux et décidé.

– Je vais vous sortir d'ici, professeur ! Vous avez ma parole…

Dans une petite salle attenante, le bureau des admissions, un avocat en robe avec un air timide, s'approche d'un gardien qui lève le nez, occupé qu'il était à lire les dernières nouvelles du « monstre volant » qui hante Paris.

– Oui Maître ? fait le gardien en repliant bien vite sa feuille de chou.

– Je viens voir mon client : Marie-Joseph Espérandieu.

Le gardien tourne la tête vers son collègue, celui qui a introduit Adèle dans le parloir…

Et quelques secondes plus tard, la petite porte de la Santé s'ouvre et les gardiens jettent Adèle Blanc-Sec dehors sans ménagement, avant de lui claquer la porte au nez.

Sur le trottoir lugubre de la rue de la Santé, Adèle arrache sa fausse moustache et soupire un grand coup. Elle lève le nez vers les hauts murs qui enferment l'établissement pénitentiaire et ses yeux semblent dire qu'elle va tout tenter pour faire évader Marie-Joseph Espérandieu. Mais comment ?

18

Où l'affaire prend de l'altitude
et Adèle des risques considérables…

Un pâle soleil éclaire l'esplanade face au palais du Trocadéro et ses pignons et coupoles rococo, de l'autre côté du pont d'Iéna, c'est-à-dire exactement sous le plus célèbre monument de Paris, celui qui attire les foules de province et du monde entier depuis l'Exposition universelle de 1889 : la tour Eiffel. Sous les quatre pieds énormes de cet hymne à la civilisation du métal et à la beauté de l'inutile en architecture, un petit attroupement s'est formé, constitué de journalistes et de photographes, ainsi que de pas mal de badauds, qui semblent attendre quelque chose en guettant le quai et le pont.

Deux voitures de police arrivent soudain, escortant une troisième automobile. Les voitures freinent bruyamment devant le petit rassemblement et l'inspecteur Caponi sort immédiatement de la première automobile. Aussitôt, journalistes et photographes se ruent sur lui et l'encerclent. L'inspecteur se retourne et crie à son adjoint :

– Bertrand ! retenez-moi un peu ces journalistes !

– Euh… bien, chef ! répond son fidèle subordonné.

Bertrand écarte les bras et se met un peu sur la pointe des pieds pour se donner encore plus de stature.

– Messieurs ! du calme voyons ! un peu de tenue, brame[1]-t-il face à la foule.

Les reporters s'écartent, attentifs, car Caponi s'approche de la troisième automobile et ouvre la portière, pour laisser sortir Monsieur Justin

1. Pousse le cri du cerf.

de Saint-Hubert, dans son impeccable costume blanc de chasseur de fauve, son casque colonial de même couleur projetant une ombre sévère sur son visage. Et dans cette ombre luisent ses yeux de limier, voire de prédateur des prédateurs, comme il aime à se le dire quand il se regarde dans une glace. Il n'est pas mécontent de voir que toute la presse est là. Et les journalistes et autres reporters photographes ne sont pas mécontents non plus de s'agglutiner autour du vaillant explorateur, chasseur, découvreur de contrées sauvages et inexplorées.

– Monsieur de Saint-Hubert ! Quelques mots ! crie l'un, en jouant des coudes pour s'approcher.

– Pourquoi êtes-vous rentré en France ? s'exclament plusieurs autres reporters à la fois.

L'inspecteur Caponi doit jouer de toute son autorité pour les empêcher d'étouffer la terreur des jungles, de toutes les jungles et de quelques déserts aussi.

– Messieurs ! Calmez-vous ! Laissez-le s'exprimer !

La grosse voix de Caponi parvient à rétablir un semblant de calme. Justin de Saint-Hubert, flatté de toute cette attention, prend l'air digne et fier du chasseur posant le pied et la crosse de son fusil sur le cadavre de sa dernière victime, puis il s'éclaircit la gorge, et s'adresse enfin à ses admirateurs :

– Messieurs, j'ai écourté ma chasse en Afrique à la demande du gouvernement. En effet, on m'a chargé d'en finir avec ce ptérodactyle ! Et c'est un grand honneur pour moi que de mettre mon talent au service de la France ! Le monstre est féroce, je suis moi-même tenace. Chacun de nous aura sa chance : ce sera beau !

– Monsieur de Saint-Hubert, demande un reporter, comment comptez-vous vous y prendre ?

– Dans un premier temps, répond le génie de la traque, il faut repérer l'animal afin d'étudier son comportement, déceler ses habitudes. Le combat viendra dans un deuxième temps !

– Mais comment allez-vous faire pour le trouver ? insiste un autre journaliste qui prend peut-être Saint-Hubert pour un tartarin parisien.

Saint-Hubert se tourne alors en souriant à Caponi, qui sourit aussi, flatté de cette toute nouvelle complicité avec le célèbre et vaillant chasseur.

– En prenant tout simplement de la hauteur ! lance Saint-Hubert, d'un ton définitif.

Et il lève lentement la tête, les yeux tournés vers le ciel. Tous les journalistes suivent son regard :

La tour Eiffel se dresse, majestueux assemblage de ferraille boulonnée, avec ses trois étages et ses 317 mètres fièrement élancés vers le ciel de Paris.

À la même seconde, dans un couloir sinistre de la prison de la Santé, un chariot de nourriture avance et passe une grille de protection qui s'ouvre sur une coursive bordée de cellules. La grosse cuisinière à l'imposante poitrine qui pousse ce chariot n'est autre qu'Adèle Blanc-Sec, déguisée en matrone des fourneaux[1].

Un gardien aussi rondouillard qu'elle lui sourit en refermant la grille derrière elle.

– Qu'est-ce qu'il y a de bon à manger aujourd'hui ? demande le gros.

– Du pigeon, répond Adèle en déguisant sa voix.

---

1. Femme corpulente qui dirige en cuisine.

Le gardien fait une grimace dégoûtée.

Au premier étage de la tour Eiffel, quelques pigeons trottinent justement sur la rambarde et Caponi les chasse d'un revers de main. Les volatiles s'envolent au-dessus de la ville dans un froissement d'ailes. Sourd à ce bruit, Saint-Hubert tient de grosses jumelles et, accoudé à la rambarde, il observe les toits de Paris avec l'attention soutenue et l'acuité[1] du grand chasseur qu'il est.

Avec un toussotement, l'inspecteur adjoint Bertrand arrive dans leurs dos. Il apporte un sandwich à son chef, qui se régale d'avance en contemplant la forme épaisse et longue du torchon qui emballe l'objet de ses désirs.

– Ah, merci, Bertrand, vous me sauvez la vie, fait Caponi avec un soupir de soulagement.

Ce pauvre inspecteur n'a rien avalé depuis le petit-déjeuner et, pour un gros mangeur comme lui, le vide stomacal[2] est une sensation plus que désagréable qui nuit totalement à son bon fonctionnement, mental aussi bien que physique.

–… Il n'est pas loin, murmure Saint-Hubert, je le sens.

– Tant mieux, répond Caponi en ouvrant son torchon.

Il découvre effectivement un magnifique sandwich au pâté.

Mais Saint-Hubert a raison et, s'il n'avait pas les yeux rivés à ses jumelles, il apercevrait l'ombre de l'animal millénaire qui le survole. Le ptérodactyle est très haut. Il entend toujours cette voix mystérieuse qui

1. Perspicacité.
2. De l'estomac.

lui enjoint de ne pas s'attaquer aux humains. Le reptile ne comprend pas bien, mais il semble obéir, puisqu'on n'a plus fait état d'aucun mort depuis quelques semaines. Il pique doucement vers le merveilleux perchoir que constitue le haut de la tour Eiffel vers lequel Caponi lève justement les yeux… et l'aperçoit !

Juste au moment où l'inspecteur allait croquer dans son sandwich au pâté ! Il n'arrive pas à parler. Il parvient juste à tendre un doigt vers le ciel en balbutiant :

– Le Pero… le Tepro… Le Trapo…

Dans un sifflement aérien lointain, le ptérodactyle achève son piqué par une courbe gracieuse, passe juste au-dessus d'eux et largue un excrément, qui tombe directement sur…

Une écuelle tendue dans le couloir de la Santé. Une main dépose une louche de bouillie dans cette assiette de fer. Dans son nouveau rôle de grosse et avenante cuisinière en blouse bleue, Adèle Blanc-Sec a la louche généreuse. Elle ressent une indéfectible compassion pour ces détenus, même si tous ne sont pas des anges, loin de là. Elle regarde le couloir où elle pousse sa cantine[1] à roulette.

Elle n'est plus qu'à quelques cellules de celle d'Espérandieu, la 28. La porte de la 24 est ouverte et un nouveau détenu maigre comme un clou manque lâcher son écuelle sous la masse de bouillasse qu'Adèle vient de lui servir. Le prisonnier regarde le tas informe qui fume dans son assiette d'un air dégoûté.

1. Grosse malle contenant la nourriture.

– Et… c'est quoi exactement ? demande-t-il.

– C'est du mouton, dit Saint-Hubert comme en réponse à la question du prisonnier dans le couloir de la Santé. Voilà ce que c'est !

Le ton est formel et définitif. Au premier étage de la tour Eiffel, armé d'une paille, Saint-Hubert a pris un échantillon de la bouse que le ptérodactyle a lâchée et qui a atterri juste sur la tête du malheureux inspecteur Caponi, obligé de conserver cet horrible et odorant couvre-chef, le temps que l'expert l'analyse.

– Vraiment ? fait l'inspecteur avec son dégoûtant chapeau de crotte de saurien volant.

– Affirmatif à 100 % ! Vous pouvez me faire confiance, je m'y connais en bouses ! C'est le meilleur moyen de traquer un animal ! Cela nous renseigne sur ses habitudes ! Nous progressons, Caponi, nous progressons !

– Tant mieux, murmure le policier, la mine défaite.

Sa seule minuscule victoire, c'est qu'il est le seul à avoir vu, encore une fois, ce prédateur, au grand dam[1] de Saint-Hubert, qui en a pâli de jalousie, au point de devenir blanc comme sa saharienne immaculée. Mais en réalité, l'inspecteur aurait préféré ne pas le revoir, ne pas revoir cet œil terrible, juste avant qu'il ne remonte se perdre dans les nuages. Ah, ce regard… Et la peur, comme toute émotion, ça lui donne faim, à Caponi.

1. Au désespoir de.

Dans le couloir de la Santé, Espérandieu tend machinalement son écuelle, debout dans l'entrebâillement de la porte de sa cellule 28. Le pauvre professeur est visiblement épuisé, physiquement et moralement. On le serait à moins. La grosse cuisinière qui pousse sa cantine à roulettes lui sert une portion de l'infâme brouet[1], ordinaire quotidien des détenus… et de cette bouillie peu ragoûtante dépasse un trousseau de clés !

– Au fond de l'assiette, chuchote Adèle, il y a un insigne ! Vous vous appelez Armand Petit-Blanchard et vous êtes chef cuisinier !

Mais Espérandieu la regarde sans comprendre, l'air complètement perdu.

– Armand comment ? dit-il…

Il n'a pas reconnu Adèle.

Mais les deux gardiens du poste d'entrée de la prison, eux, ne vont pas tarder à la reconnaître, car ils sont justement face au chef cuisinier Petit-Blanchard qui s'époumone :

– Petit-Blanchard, je vous dis ! J'ai laissé mon insigne dans mon casier comme tous les soirs, et ce matin il y était plus !

Les deux gardes se regardent d'un air entendu.

Et quelques minutes plus tard, Adèle Blanc-Sec est jetée dehors sans ménagement. On lui balance même son tablier et les coussins qui lui servaient d'embonpoint.

1. Ragoût, potage.

Une fois de plus confrontée aux murs noirs de cette funeste prison, Adèle s'époussette et soupire à nouveau :

– Bon ! Il me faut un meilleur plan !

C'est précisément un plan de Paris que Saint-Hubert déplie et installe sur une table du bar de la Tour Eiffel quelques instants plus tard. Caponi finit de s'essuyer avec une serviette et vérifie à coups de petits reniflements qu'il ne sent pas trop la bouse de ptérodactyle.

Saint-Hubert se penche sur la carte avec l'œil acéré d'un aigle cherchant à repérer sa proie dans le paysage qu'il surplombe.

Une jeune et jolie serveuse, bien souriante, arrive, portant un petit plateau. Elle pose un café devant Caponi qui la regarde d'un air très déçu. Il avait commandé un sandwich, l'autre ayant été malheureusement victime de dommages collatéraux quand le monstre volant a lâché sa bouse. La serveuse lui fait un petit sourire navré et s'en va. Saint-Hubert se redresse subitement.

– Bon, Caponi ! dit-il, interrompant le geste de l'inspecteur.

Contraint d'écouter le vaillant chasseur, Caponi reste la main en équilibre au-dessus de son café – piètre consolation pour son ventre affamé.

– Corrigez-moi, si je me trompe, reprend Saint-Hubert… il y a trois endroits où notre animal peut se procurer des moutons : les pâturages de Montmartre au nord, l'Exposition coloniale de Vincennes à l'est, et le Jardin des plantes !

Caponi regarde le plan.

– Effectivement, concède-t-il.

– Alors en route ! lance Saint-Hubert.

Et le chasseur tout vêtu de blanc s'envoie le café de Caponi d'une seule traite. L'inspecteur tire une tête de six pieds de long mais n'ose rien dire, tandis que l'expert en grands fauves part au pas de course vers l'ascenseur de la tour Eiffel.

– Et à la grâce de Dieu ! conclut Saint-Hubert.

– Merci mon fils, dit une bonne sœur en cornette quand s'ouvre la porte qui donne sur le couloir des détenus de la Santé.

Un jeune gardien laisse passer cette fausse bonne sœur (on aura bien évidemment reconnu Adèle Blanc-Sec, jamais à court d'idées, même si ses convictions personnelles sont assez loin des ordres religieux).

– Par ici, ma sœur, dit le jeune employé de l'administration pénitentiaire.

Adèle le suit, baissant la tête, mais au premier croisement, elle disparaît sur sa gauche, laissant le jeune gardien continuer tout droit, et tout seul.

Cette jolie religieuse se fait siffler en passant sur la coursive. Certains détenus ricanent ou crient même : « À la mine ! » Probablement des anarchistes. Adèle garde la tête basse et les mains serrées sur son rosaire[1], jusqu'à ce qu'elle arrive devant la cellule 28.

Elle sort discrètement un trousseau de clés de sous ses robes et s'approche du judas ouvert.

– Dépêchez-vous, on s'en va, chuchote-t-elle à travers le judas[2].

Elle trouve la bonne clé et ouvre la porte qui…

---

1. Grand collier servant à la prière, chapelet.
2. Ouverture aménagée dans la porte pour voir sans être vu.

… la mène droit dans la rue, jetée dehors une nouvelle fois par les gardiens, et sans ménagement, sur le pavé, devant les hauts murs de la Santé.

Elle soupire, puis se relève d'un air décidé et s'éloigne dans la rue de la Santé en murmurant, pour elle-même :

– C'est quand un combat semble perdu qu'il devient excitant ! Haut les cœurs.

19

Où cette même journée tourne à la folie,
jusqu'à l'aube du lendemain
pour amorcer un ultime compte à rebours…

Sur la butte Montmartre, quelques moulins à vent surplombent encore Paris, luttant tant bien que mal contre la présence encombrante du Sacré-Cœur, montagne de pierre si blanche qu'on dirait du saindoux[1]. Mais là, la pierre est presque rouge, sous le soleil couchant, avec des reflets de sang, comme pour rappeler que ce monument expiatoire[2] grotesque semble avoir été élevé pour effacer le souvenir des massacrés de Monsieur Thiers, lors de la Commune de 1871[3].

Dans un champ en pente, des moutons paissent dans un de ces îlots de verdure qui vont bientôt disparaître de la capitale. Saint-Hubert est au-dessus, caché derrière une barrière, l'œil dans la lunette de son impressionnant fusil de chasse dernier modèle. Il vise les paisibles animaux, passant de l'un à l'autre, en imitant doucement le bruit d'une détonation avec sa bouche.

– Pan… Pan…

C'est d'un ridicule consommé et Saint-Hubert ne voit pas venir Caponi, qui était un peu plus loin, en train de discuter avec le fermier propriétaire du champ et des moutons. Caponi a bien essayé de négocier un demi-jambonneau ou une belle tranche de pâté, mais le fermier,

1. Graisse de porc fondue de couleur blanche.
2. Qui sert à se racheter, à réparer une faute.
3. Soulèvement populaire organisé à Paris contre le gouvernement d'Adolphe Thiers, alors que ce dernier cherche un accord avec la Prusse, et étouffé dans le sang par celui-ci.

qui n'a jamais beaucoup aimé la police, s'est contenté de répondre aux questions que l'inspecteur lui posait.

Caponi interrompt la rêverie meurtrière de Saint-Hubert.

– Le fermier est affirmatif, dit-il. Il a compté ses moutons deux fois. Il ne lui en manque aucun.

– Parfait, lance Saint-Hubert. À Vincennes !

Il se redresse brusquement, déclenchant un coup de feu accidentel. Un pauvre mouton en fait les frais. Il s'écroule dans l'herbe, fauché net.

Saint-Hubert est confus.

– Oh ! Je suis désolé ! Le coup est parti tout seul !

Le fermier est furibard[1]. Caponi appelle son adjoint :

– Bertrand ! Allez me chercher un vétérinaire !

C'est une infirmière qui se présente devant la grille du couloir de la Santé. C'est Adèle, qui a réussi, une fois de plus, à s'introduire dans cette prison réputée inviolable. Et elle tient une seringue à la main.

– Cellule 28, dit-elle, d'un ton professionnel. C'est pour sa piqûre.

Le maton de service ouvre la grille et laisse passer Adèle, qui, aussitôt entrée, pique le maton aux fesses. L'homme titube, interloqué, sort son sifflet pour donner l'alerte, mais s'écroule dans le couloir sans avoir pu alerter quiconque.

Adèle se penche sur lui pour vérifier qu'il va bien. Le type ronfle comme un sonneur, son sifflet dans la bouche.

Elle le lui enlève, pour que ses ronflements ne déclenchent pas l'alarme.

1. Furieux (familier).

– Désolée, dit-elle.

Puis elle fonce dans le couloir et s'arrête face à la cellule d'Espérandieu qui dort paisiblement.

– Professeur ? chuchote Adèle, réveillez-vous ! C'est l'heure !

Le professeur ouvre péniblement un œil. Il aperçoit Adèle déguisée en infirmière. Il soupire, visiblement épuisé.

– Auriez-vous l'amabilité de passer un peu plus tard, Mademoiselle Adèle ? dit-il. Je suis vraiment fatigué, là...

Et Espérandieu se retourne sur sa couche, côté mur, et poursuit sa nuit.

Adèle reste interloquée, figée dans son élan. Elle avait tout prévu, sauf ça !

– C'est la meilleure, celle-là, murmure-t-elle, ébahie.

Et le soir est tombé sur la forêt de Vincennes. Les arbres se découpent sur un ciel bleu nuit. Un gardien aux allures de vieux militaire accompagne Saint-Hubert, Caponi et ses hommes, qui déambulent avec des torches au milieu des pavillons et des enclos.

– Sept mouflons du Jura[1], énumère le gardien, quatre chamois de la Vanoise[2], quinze brebis du Larzac[2] et... (il compte en pointant l'index vers des ombres indistinctes) trois, cinq, six biquettes du Poitou[1] ! Le compte est bon ! Personne ne manque à l'appel !

Caponi regarde le gardien, impressionné.

1. Régions françaises.
2. Espaces naturels français.

– Euh, merci, caporal, dit-il.

– Bien ! Il ne nous reste plus que le Jardin des plantes ! dit Saint-Hubert. L'étau se resserre ! Nous donnerons l'assaut demain matin aux premières lueurs du soleil !

Les premières lueurs de l'aube se pointent entre les nuages qui s'étalent en altitude. Dans la prison de la santé, une grande horloge affiche 5 h 59, puis la grande aiguille vient bruyamment annoncer 6 heures. Un gardien somnole sur son siège, devant la grille.

Un autre gardien, bien dodu, arrive et tape sur les barreaux avec ses clés.

– Relève ! fait le gardien dodu, qui roule les « R » avec un fort accent du Sud-Ouest.

Le maton assoupi se redresse un peu, effectivement, puis il s'étire.

– C'est pas de refus ! dit-il en bâillant.

Et, à moitié endormi, il se lève et s'éloigne en traînant les pieds.

– Allez, bon courage, ajoute-t-il avant de disparaître au coin du couloir.

– Merci, répond le gardien dodu.

Dès que le bruit des pas de son collègue s'est estompé dans le silence de la prison, le gardien qui l'a relevé ouvre la grille avec sa clé. Dans son uniforme bien serré, Adèle Blanc-Sec est méconnaissable, avec son gros ventre et son épaisse moustache.

Elle s'avance en silence dans les couloirs déserts et arrive enfin devant la cellule 28. Elle cherche la bonne clé dans son trousseau, puis ouvre la porte avec précaution, essayant de faire le moins de bruit possible.

Elle pénètre dans la cellule d'Espérandieu.

– Bon, allez, dit-elle en chuchotant, j'espère que vous avez bien dormi, parce que là, il faut vraiment y aller !

Surpris, le prisonnier se redresse sur sa couche. Il se retourne vers elle. Mais horreur ! Ce n'est pas le professeur Espérandieu ! Adèle s'arrête net. Elle enlève sa fausse moustache.

– Mais qu'est-ce que vous faites là, vous ?

– Oh, répond le détenu, croyez-moi, j'ai pas choisi…

– Mais où est le professeur ? !

– Ils l'ont transféré dans la nuit. Ils font toujours ça la veille de l'exécution.

– La veille ? fait Adèle, et une ombre passe, comme un reflet affreux dans ses yeux incrédules.

– Oui, dit le prisonnier. Il sera guillotiné demain à l'aube.

Tous les projets d'Adèle s'effondrent, juste au moment où elle avait enfin réussi. Elle baisse la tête, accusant ce coup terrible.

–… C'est pas possible… murmure-t-elle, abasourdie.

– Oh, malheureusement si, dit le détenu… À moins qu'il ne soit gracié.

Notre héroïne relève la tête d'un seul coup. Ses yeux s'éclairent.

– Gracié ?

– Oui, soupire le prisonnier devant tant de naïveté, l'air de dire que cette éventualité est tout à fait improbable. Mais enfin, c'est la loi…

– Tenez, dit Adèle au détenu en lui tendant son trousseau de clés, je vous offre la mienne, de grâce !

Et elle part en courant dans le couloir, laissant le détenu complètement stupéfait, les clés de sa liberté à la main.

Et pour une fois, la porte de la Santé s'ouvre sans qu'Adèle Blanc-Sec ne soit jetée dehors. Elle se faufile dans la rue et, toujours déguisée en gardien dodu, elle part en courant dans les premières lueurs de l'aube.

20

Où même les personnages les plus haut placés sont parfois menacés jusque dans leurs palais, nous rappelant au passage qu'on est toujours prisonnier de quelque chose…

Sous un pâle soleil de printemps, le palais de l'Élysée est d'un calme tout à fait relatif, dans cette situation de crise qui secoue la capitale et la France tout entière. Le président Fallières est dans le parc et il joue à la balle avec son petit fox-terrier noir, paradoxalement baptisé Nelson, qui, même s'il y a succombé, n'en reste pas moins le vainqueur de Trafalgar, sinistre souvenir de l'Histoire de France. Le petit chien revient avec sa balle et la dépose aux pieds de son maître, en le fixant de ses petits yeux impatients pour que celui-ci la relance.

Un des hommes chargés de la sécurité du président s'approche de l'illustre homme d'État. C'est un mastard[1] à la moustache martiale[2]. L'homme de la sécurité, pas le président, bien sûr.

– Mademoiselle Blanc-Sec est sur le perron, monsieur le Président, dit le mastard. Elle n'a rien sur elle.

– Comment ça, elle n'a rien sur elle ?! s'étonne Fallières, éberlué.

– Je veux dire, fait l'homme de la sécurité d'un air confus… On l'a fouillée. Elle n'a pas d'arme.

Le président apprécie visiblement cette précision, et son sourire s'élargit même encore plus quand il aperçoit Adèle qui lui fait un signe de loin. Elle s'est fait toute belle. Les femmes sont souvent comme ça quand elles ont quelque chose à demander aux hommes. Elle est tout en blanc

1. Homme costaud.
2. Qui en impose, impressionnante.

et en dentelles, avec quelques discrets rappels de vert, sa couleur favorite, et elle porte un grand chapeau avec une magnifique plume d'autruche. Pourtant, Adèle n'est pas du tout une femme comme les autres et s'il ne s'agissait pas d'une question de vie ou de mort, gageons qu'elle n'aurait pas mis une tenue aussi « chic », comme on dit dans certains milieux un peu snobs du Paris de cette Belle Époque.

Le président Fallières s'avance vers elle, tout souriant.

Derrière lui, Nelson regarde sa balle posée dans l'herbe, un peu déçu. Puis il la ramasse dans sa petite gueule et décide de suivre son maître. Peut-être cette nouvelle arrivante voudra-t-elle jouer avec lui ? Les chiens ont souvent ce genre de pensée.

Dans les buissons, d'autres hommes de la sécurité veillent au grain.

Adèle se fend d'une petite révérence.

– Monsieur le Président…

– Vous savez, chère Adèle, que je garde un souvenir ému de notre premier entretien, dit Fallières en lui faisant un petit signe amical de la main pour qu'elle se dispense de toute autre forme de politesse. C'était quand déjà ?

– Le 18 janvier 1906, le lendemain de votre élection, répond Adèle.

– Oui, c'est cela !

– Je m'en souviens. C'était ma première interview ! fait Adèle avec un sourire qui en dit long.

Le président sourit également à cette évocation.

– Moi aussi, dit-il, car je n'ai pas le souvenir d'avoir autant ri depuis ce jour !

– J'étais affligeante !

– Vous étiez charmante, corrige le président… Alors ? Que puis-je faire pour vous ?

– C'est à propos du professeur Espérandieu. Depuis votre élection, vous n'avez cessé de clamer votre indignation contre la peine de mort.

– J'en ai effectivement gracié dix-sept depuis le début de mon mandat ! dit Fallières, non sans une certaine fierté.

– Alors, je vous demande d'en gracier un de plus, cet homme est innocent.

– Mademoiselle Blanc-Sec, nous avons quand même trois morts sur les bras, dont un préfet ! Sans compter les disparus attribués à ce monstre par une certaine presse !

On sent, au ton de Fallières, qu'il est très préoccupé. On le serait à moins, avec un ptérodactyle rôdant depuis des semaines dans le ciel de Paris. Et qui a été surpris dans le propre appartement du professeur par les forces de Police de la République !

– Ce n'est pas lui qui les a tués, c'est cette bestiole du fond des âges et le professeur est le seul à pouvoir la contrôler. Si Espérandieu disparaît, Dieu seul sait combien de victimes vous aurez sur les bras !

Aux pieds de son maître, Nelson aboie de plus en plus fort, réclamant apparemment qu'on joue avec lui, malgré la présence de cette intruse. Le président se penche, ramasse la petite balle et la lance.

– Nos meilleurs hommes sont sur cette affaire, chère Mademoiselle. Nous avons même fait appel à un professionnel revenu spécialement d'Afrique pour s'occuper de l'animal.

On sent dans le regard d'Adèle qu'elle commence à être à court d'arguments. L'émotion la gagne et sa voix se trouble quelque peu.

– Monsieur le Président, Espérandieu est un grand professeur, et ses travaux font tous les jours avancer la science ! En lui prenant la vie, vous condamnez toutes celles qu'il aurait pu sauver !

Le président semble ne pas être insensible à l'émotion d'Adèle. Il se frotte doucement la moustache, signe d'un profond embarras.

– Je… je vous promets d'y réfléchir.

– Merci, dit Adèle.

Mais l'émotion est brisée à cause du petit chien, qui, au lieu de courir après sa baballe, est resté dans leurs pattes à japper comme un malade.

– Raah, fait Fallières énervé. Nelson ! Qu'est-ce qui t'arrive ce matin ? Elle est là-bas ta balle ! Regarde !

Le président se dirige vers le bout de la pelouse pour récupérer le dit objet. Mais Nelson reste aux pieds d'Adèle, continuant à aboyer comme un sauvage.

– Qu'est-ce que t'as ? T'as vu la Vierge ? lance notre héroïne au petit clebs[1], d'un ton agressif bien compréhensible. Elle lui en veut d'avoir ruiné l'instant d'émotion où elle avait presque emporté la décision du président. Tout est à recommencer.

Soudain, elle aperçoit une ombre qui tombe sur les marches du perron. Elle lève la tête et voit le ptérodactyle, posé sur la gouttière de l'Élysée ! Elle reste un instant interdite, car entendre parler d'un tel animal est une chose, mais se trouver quasiment nez à nez avec son bec acéré, sa peau rougeâtre au cuir luisant, son œil froid de reptile et ses serres fort menaçantes, c'est tout à fait autre chose.

Adèle comprend en une demi-seconde que Nelson tentait de prévenir tout le monde depuis un bon moment. Elle aperçoit le président, là-bas, sur la pelouse, qui ramasse la balle.

---

1. Diminutif de clébard, chien (familier).

– Voilà, dit Fallières. Elle est là, Nelson ! Allez ! Viens chercher la baballe !!

Le ptérodactyle, prenant probablement l'invitation pour lui, ouvre grand ses ailes, mais le président, en contre-jour, ne voit rien. Nelson, affolé, part en courant. Adèle aussi, en direction du président.

Le ptérodactyle décolle en une fraction de seconde et se lance aussi dans la course. Le président Fallières ne l'a toujours pas vu et il arbore une mine réjouie, la balle à la main.

– Elle est pour qui, la baballe ? dit-il au petit fox-terrier.

Mais Nelson, arrivé en premier vers son maître, passe devant lui sans s'arrêter, en aboyant comme un dément. Adèle arrive seconde, aussi vite que le lui permet sa robe longue.

– Dans mes bras ! dit-elle au président qui ouvre de grands yeux interloqués.

Il l'est encore plus quand Adèle se jette sur lui, bras grands ouverts et le fait tomber sur la pelouse. Le président lâche la balle.

Le ptérodactyle leur passe juste au-dessus dans un grand souffle d'air et attrape Nelson dans ses griffes, avant de filer vers le ciel à une vitesse stupéfiante.

La garde rapprochée du président sort de tous côtés, presque de derrière chaque arbre. Un de ces gros balaises décroche un téléphone accroché à un tronc d'arbre.

– Attentat sur le président !! crie le garde dans le téléphone.

Mais des hommes se sont déjà jetés sur Adèle et l'entraînent sans ménagement avant qu'elle puisse expliquer quoi que ce soit, car l'un des mastards a collé sa grosse patte sur sa bouche délicate.

Le président se relève et s'époussette[1]. Il est un peu perdu et ne comprend pas trop ce qui s'est passé. Adèle a disparu au coin du palais.

Soudain, la balle de Nelson tombe du ciel, juste devant lui.

Stupéfait, le président Fallières la ramasse et lève les yeux vers le ciel : Rien.

– Nelson ?.... Nelson ?.... trouvez-moi Nelson ! ordonne le président aux mastards de sa garde rapprochée.

Les gardes partent en courant dans tous les sens, en vain.

Car, dans le ciel déjà rougi par le soleil qui descend vers le mont Valérien, l'effrayante silhouette de l'animal préhistorique se dessine au-dessus des toits de Paris, tenant fermement Nelson dans ses griffes. Et le pauvre petit fox-terrier n'ose même plus émettre le moindre son, sans doute surpris d'être encore vivant et de voler, comme ces pigeons qu'il s'amuse en général à courser dans les jardins de l'Élysée, sans jamais parvenir à les attraper… À moins qu'il ne soit tout simplement paralysé par la terreur…

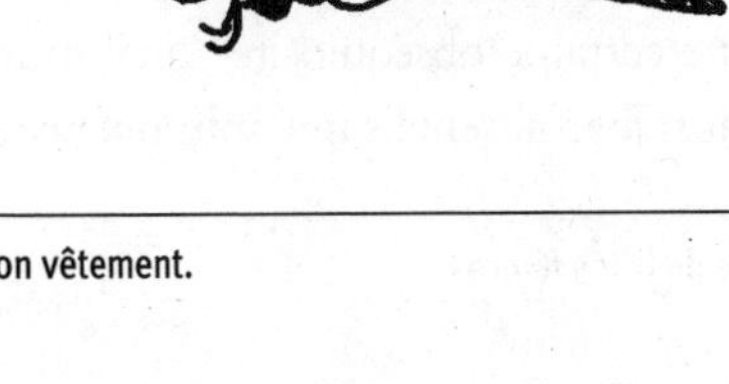

1. Enlève la poussière de son vêtement.

21

À mouflon, chasseur et demi…

Dans la semi-pénombre du soir qui descend, le monstre volant, portant toujours sa proie, pique sur le Jardin des plantes. Il passe au-dessus des mouflons de Corse qui paissent paresseusement dans leur enclos. Le ptérodactyle ne semble pas très intéressé pour l'instant.

Caché non loin de cet enclos, Saint-Hubert, camouflé sous une peau de mouton afghan, se soulage un peu plus loin contre un arbre. Caponi, la même peau bouclée sur les épaules, s'est assoupi près d'un buisson.

Saint-Hubert remonte sa braguette et rejoint l'inspecteur. Le terrifiant reptile lui est passé au-dessus de la tête sans que l'expert ès grands fauves[1] ne s'en aperçoive le moins du monde.

Saint-Hubert tapote l'épaule de l'inspecteur pour le réveiller.

– Ouvrez l'œil, Caponi ! dit le vaillant chasseur à voix basse.

Le policier sursaute et se réveille, éberlué.

– Hein ? Oui ! Bien sûr ! Les deux sont grands ouverts, croyez-moi !

– Vigilance et patience sont les deux maîtresses du chasseur, dit Saint-Hubert, sentencieux[2].

– Ah ? fait Caponi, puis il se rend compte qu'il faut qu'il parle à voix basse comme son illustre interlocuteur.

Et c'est avec une certaine obséquiosité[3] qu'il murmure : « Dites-moi, ça vous dérangerait si je m'absentais une minute, histoire de m'alimenter ?

1. Spécialiste en matière de bêtes féroces.
2. D'un ton solennel.
3. Servilité.

– Hors de question ! chuchote Saint-Hubert ! Nous sommes en guerre, mon jeune ami !

– Ah ?

– Une fois, je suis resté trois jours sans manger à traquer un tigre qui s'était réfugié dans un temple Bengali !

– Ah ?... Trois jours ?

On sent une terrible inquiétude dans le murmure de l'inspecteur. La simple idée de ne pas manger pendant trois jours le fait transpirer d'angoisse, lui qui n'a rien réussi à avaler depuis la veille déjà et qui, en général, ne peut pas rester deux heures sans se sustenter !

– Mais ce n'est rien par rapport au monstre que nous traquons aujourd'hui ! La bataille sera rude, croyez-moi !

Pendant ce temps, le ptérodactyle et sa proie se posent en douceur au milieu d'un bouquet d'arbres. Le reptile volant lâche le chien, qui s'ébroue, fait quelques pas pour se dégourdir les pattes et semble finalement plutôt content de sa balade aérienne. Le jeune ptérodactyle s'approche d'un début de nid et arrange quelques branches.

Derrière un buisson, le professeur Ménard et son fidèle assistant Zborowsky observent cette scène effarante.

– Incroyable ! chuchote Ménard... Mais comment avez-vous réussi ?

– Eh bien, chuchote Zborowsky avec modestie, j'ai commencé par feuilleter tous les ouvrages que nous possédons à la bibliothèque et j'ai eu la confirmation que l'animal était particulièrement sédentaire...

Le ptérodactyle se couche au milieu de son nid de fortune et Nelson vient se mettre entre ses pattes, tenant fièrement un os dans sa gueule.

–... Alors, poursuit le jeune Zborowsky tout en guettant les réactions éventuelles de son patron, l'idée m'est venue de récupérer les coquilles de son œuf et de les rassembler dans un endroit calme, plutôt à l'abri des regards indiscrets. Après, je lui ai mis quelques morceaux de bœuf bien choisis, afin d'éviter qu'il ne décime notre troupeau de mouflons corses.

Le ptérodactyle s'enfile un steak de deux kilos, d'un seul coup de gosier. Ménard est stupéfait. Il se tourne vers son assistant.

– Zborowsky… vous êtes un génie !

– Non, c'est rien, c'est juste un peu d'intuition, murmure Zborowsky, gêné par ce compliment disproportionné.

– Avec une intuition pareille, vous devez faire des ravages chez la gent féminine, hein, mon jeune ami ? fait Ménard avec un petit sourire égrillard[1].

– Ben… ça dépend des femmes, réplique Zborowsky.

Une pensée pour Adèle vient de lui traverser l'esprit. Pourquoi est-il amoureux à ce point de cette incroyable journaliste écrivain ? De ce mystère fait femme ? Et pourquoi ne répond-elle jamais à ses lettres ?

1. Coquin.

22

Où, alors que l'heure est grave,
le temps piétine...
ou plutôt comme disait Karl Marx,
l'Histoire bégaie... au plus grand dam[1] *d'Adèle...*

Le soir tombe et Adèle a été emmenée dans le commissariat le plus proche à fin d'interrogatoire. Elle y attend depuis des heures en rongeant son frein et l'on vient enfin de l'amener dans les bureaux pour répondre aux questions de ces messieurs de la police.

Même si ses magnifiques atours sont un peu froissés à la suite de son plongeon sur la pelouse de l'Élysée et aux gestes pour le moins brutaux des services présidentiels de sécurité, elle est toute belle avec son chapeau, assise devant un fonctionnaire de police qui tape son rapport avec deux doigts sur une machine à écrire Remington. Ce fonctionnaire, aussi étroit de corps que d'esprit, a la malchance supplémentaire d'être bègue de naissance, ce qui n'arrange pas une situation déjà assez compliquée.

– Y... ya... ya deux... eux « L » à... à... Adèle ?

– Deux ailes ? j'aimerais bien, malheureusement, je n'ai que deux jambes !

– Deux... deux jambes ? fait le policier, un peu perdu.

Quelques autres policiers, en tenue, font semblant de travailler pour pouvoir mater la jeune femme. Ce n'est pas si souvent qu'ils ont une perle comme ça dans leur commissariat. Mais notre héroïne commence à montrer des signes d'impatience. Elle se retient de ne pas tenter une sortie, car le temps presse, il court même à toute vitesse et elle a malen-

1. Voir note 1 page 101.

contreusement échoué à convaincre le Président Fallières de gracier Espérandieu…

– A.D.È.L.E. épelle-t-elle en essayant de garder son calme. Et Blanc-Sec, comme le vin ! Ça, vous devez savoir l'écrire, non ?

– Oui, oui ça, je… je sais ! répond le fonctionnaire.

– À la bonne heure !

– Al… al… allons-y ! Re… re… reprenons ! bégaie le flic.

Adèle pousse un grand soupir et se lance :

– Avec plaisir ! Ma sœur étant malade, je pars pour l'Égypte au lieu du Pérou, lui chercher un docteur, Patmosis, un homme charmant mais fortement momifié, d'où l'intervention du professeur Espérandieu, qui était censé le « réveiller », et non pas ce satané ptérodactyle qu'il aurait mieux fait de laisser dormir ! Vu que c'est lui qui a attaqué notre bon président et sa pauvre petite bête !

Complètement perdu, le fonctionnaire mime le mouvement des ailes du ptérodactyle, avec ses bras.

– Le Pééro… daaac…

– Non, le coupe Adèle pour que ça ne dure pas des heures. Ça, c'est la grosse ! La petite, c'est le chien !

– Ahhh ! fait le policier, une vague lueur de compréhension se faufilant sous ses paupières, qu'il a assez lourdes, par ailleurs.

– Devant l'attaque imminente, reprend Adèle, je prends mon courage à deux mains, ouvre les bras, et me jette sur le président ! Geste héroïque, certes, mais néanmoins calculé, car en sauvant le président, je comptais bien lui demander la grâce du professeur, afin qu'il réveille le docteur pour soigner ma sœur… Mais vos hommes ont cru que je voulais agresser le président !… Franchement, est-ce que j'ai une tête de terroriste ?

– Euh… N… Non ! répond le policier.

– Bilan, conclut Adèle : le monstre court toujours et c'est Nelson qui trinque !

– Ah oui ? Il… Il trinque ! fait le pauvre fonctionnaire, pas bien certain de comprendre.

– Voilà, dit Adèle en faisant mine de se lever pour partir. C'est assez clair ? Je peux rentrer chez moi ?

– Euh… Oooo… Oui. Ce… ce… Cependant, un dé… dé… détail mèche… mèche… M'échappe.

– Lequel ? demande Adèle, presque étonnée.

– À qui… qui est le… chien ?

Adèle soupire et s'adresse aux autres flics.

– Bon ! Y a pas quelqu'un qui pourrait prendre ma déposition autrement qu'en morse, sinon on va y passer la nuit !

Et il fait nuit noire quand la flicaille éjecte Adèle Blanc-Sec du commissariat, sans autre forme de procès. Seuls quelques becs de gaz éclairent sa fracassante sortie.

– Bande de goujats ! crie-t-elle à la porte qui vient de claquer dans son dos. Je sauve la vie du président et voilà comment vous me remerciez ? !

Quelques rares passants la regardent et changent de trottoir. Adèle soupire et abandonne, la mort dans l'âme.

23

Où Adèle est face à un insoluble et fatal dilemme : Comment sauver Agathe en sauvant Espérandieu de la guillotine ?

C'est d'un pas lourd qu'Adèle Blanc-Sec rentre chez elle. La nuit semble se refermer sur les sombres pensées qui l'agitent. En longeant les vitrines des magasins fermés, à la lueur des réverbères, elle cherche, elle cherche. Mais elle ne trouve pas.

Elle est parvenue à ramener Patmosis du fin fond de l'Égypte, en évitant la trahison de ses associés et tous les pièges du tombeau du pharaon, puis en échappant aux griffes de ce salopard de Dieuleveut.

Elle a aussi réussi par miracle – ou plutôt grâce à son astuce et son incroyable culot – à s'introduire plusieurs fois à la Santé pour tenter de sortir Espérandieu de sa geôle.

Mais elle a échoué, dans la dernière ligne droite, et elle ne voit plus comment elle pourrait, une nouvelle fois, s'introduire derrière ces hauts murs pour empêcher le pauvre professeur d'avoir la tête tranchée par cette horrible machine barbare que certains osent appeler « les bois de justice ».

Elle a perdu toute la sympathie du président Fallières, qui n'a même pas voulu entendre ses explications.

Elle a failli être enfermée pour de bon par la police de la République…

Non, en montant ses escaliers, Adèle Blanc-Sec a paradoxalement l'impression de descendre au fond du trou. Elle chasse toutes ces pensées en ouvrant sa porte. Elle pose son grand chapeau blanc et se dirige machinalement vers la fenêtre. Elle l'ouvre et verse tout aussi machinalement quelques graines pour les pigeons. Ils les trouveront demain. Et demain, Espérandieu sera mort. Raccourci.

Adèle frissonne à cette idée. Quelle horreur.

Derrière son apparente maîtrise de soi, son humour et son ironie, se cache une sensibilité à fleur de peau. Dans ce monde moderne de 1912, dans lequel elle vit et où les femmes n'ont que peu de place, comment ne pas se sentir obligée de se construire une telle armure pour survivre ? Peu de gens le savent, mais son sourire de Joconde est une sorte de bouclier qui la protège de la stupidité ou des vantardises et des méfaits de la gent masculine, ou des tortueuses machinations de certains hommes, prêts à tout pour le pouvoir, l'argent, les honneurs ou la simple domination. Son sourire et son humour qui va jusqu'à la faire rire d'elle-même…

C'est sans doute parce qu'elle a toujours protégé sa sœur face au reste du monde qu'elle s'est endurcie comme cela, du moins en apparence. De ces deux petites orphelines, elle était la plus forte. Depuis leur plus tendre enfance. Même si cette expression est assez idiote quand on parle d'enfants ayant perdu leurs parents très tôt. Agathe était la plus rêveuse, et même si elles étaient nées à quelques minutes d'intervalle, Adèle s'est toujours considérée comme l'aînée et a toujours joué ce rôle à la perfection, pendant qu'Agathe rêvait, prenait la vie avec insouciance. Et maintenant, Agathe rêve sans doute toujours, paralysée au fond de son fauteuil et plongée dans des songes impénétrables.

Adèle entre dans la chambre de sa sœur, émue et gênée. Son secret.

– Ça ne s'est pas tout à fait passé comme j'avais prévu, petite sœur… Et… j'ai besoin d'un bon bain… Pour me remettre les idées en place…

Du bout des doigts, elle caresse doucement la joue de sa « petite » sœur qui est là, les yeux fixés sur un monde qu'elle est seule à voir. Depuis le jour où Agathe s'est retrouvée dans cet état terrible, Adèle s'est toujours comportée comme si sa sœur pouvait l'entendre et la sentir. Ce n'est pas évident. Mais Adèle est persuadée qu'elle l'entend et qu'elle attend l'heure de la délivrance. Le moment où l'horrible aiguille qui lui traverse le crâne cessera de la paralyser, de la changer en une sorte de petit animal muet en hibernation mentale. Adèle en est certaine, comme elle est certaine qu'elle parviendra à la sortir de là.

Elle se rend dans sa salle de bains où pousse une jungle de plantes vertes, comme des appels aux voyages lointains et aux rêveries d'aventures. Sur une petite table, près de la grande baignoire aux pattes de lion, une pile de courrier, un coupe-papier, un verre et une carafe de cristal contenant du whisky, ce liquide ambré censé chasser le spleen[1]. Adèle ouvre les robinets et règle la température de l'eau.

Satisfaite, elle revient dans le salon et se place face à la momie de Patmosis, debout dans sa vitrine d'acajou. Dans un bruit de cascade venu de la jungle de sa salle de bains, elle commence à se déshabiller.

– Je suis désolée de vous avoir dérangé pour rien, vraiment, dit-elle à la momie.

Et dans sa voix, on sent percer le désespoir. Elle se retrouve nue et s'allume une cigarette.

– Enfin, dit-elle à Patmosis avec un sourire triste, vous êtes toujours mieux là à mater les filles qu'à vous morfondre dans votre caveau, non ?

La momie la regarde sans répondre.

Notre pauvre héroïne soupire et retourne dans la salle de bains. Elle ferme les robinets, interrompant le bruit de cascade, et s'installe dans l'eau chaude, sa cigarette à la main. Elle se verse un whisky.

1. Mélancolie profonde.

Machinalement, elle attrape la première lettre de la pile de courrier. Derrière l'enveloppe, on lit : Andrej Zborowsky.

Adèle sourit, ricane presque. Dans son malheur, voilà que l'amoureux transi réapparaît soudain. C'est effectivement assez risible.

Elle ouvre l'enveloppe avec son coupe-papier en forme de poignard kurde, sort la lettre, boit une bonne gorgée de whisky et commence à lire.

D'un seul coup, elle s'arrête et s'étrangle.

– Oh mon Dieu !

Elle se lève et quitte son bain comme une furie, expédiant des milliers de gouttes dans son sillage.

24

Où l'amoureux transi croit un instant parvenir à ses fins…

Quand Andrej Zborowsky, totalement endormi, ouvre la porte de son petit appartement, il est en chemise de nuit, les cheveux et la moustache en bataille, totalement en vrac. Les coups frappés à sa porte l'ont sorti d'un cauchemar terrible, où un ptérodactyle géant l'emportait dans son nid, juché en haut de la tour Eiffel, pour le donner à manger à ses petits ! Mais ce qu'Andrej croyait être les battements de son cœur terrorisé n'était en fait que le bruit des poings d'Adèle tambourinant à sa porte au beau milieu de la nuit.

– Oui ? balbutie-t-il, ne reconnaissant pas tout de suite la jeune femme.

Elle est toute belle et en pleine forme. Elle porte un magnifique chapeau vert et un boa en plumes d'autruche et elle lui fait un immense sourire.

– Dans mes bras ! dit-elle avec un enthousiasme non feint.

Et elle se jette sur lui !

Surpris, Zborowsky trébuche et, serré par les bras d'Adèle, il s'étale sur le dos dans son salon, sur un magnifique tapis d'Aubusson. Cette chute, sans doute douloureuse pour le dos et le postérieur du jeune benêt[1], amuse beaucoup Adèle. Elle a l'œil pétillant d'avoir retrouvé l'espoir. Leurs visages sont l'un sur l'autre, nez à nez. Zborowsky se demande si son cauchemar ne s'est pas soudain changé en un rêve tout aussi incroyable, mais nettement plus agréable.

---

1. Sot, niais.

– J'ai lu votre lettre ! dit Adèle en le fixant droit dans les yeux, avec son sourire magique.

– Euh, bredouille Andrej… Laquelle ?

– Celle sur le ptérodactyle ! Vous êtes un génie, Andrej !

Ça fait deux fois dans la même journée qu'on le traite de génie. Le jeune homme n'en revient pas. Surtout d'entendre ce mot si flatteur sortir de la bouche de celle dont il est amoureux fou. Bouche qui, d'ailleurs, se penche et s'approche de la sienne !

Et Adèle l'embrasse, comme une récompense. Puis elle se relève d'un bond, mettant un terme à cette brève mais étincelante étreinte.

– Bon, allons-y ! lance notre heroïne. Il n'y a pas une minute à perdre ! Le taxi nous attend en bas !

Et elle pivote sur ses talons et quitte l'appartement, laissant le pauvre Zborowsky à sa frustration.

25

Où Adèle Blanc-Sec se montre fine plume…
ce qui est la moindre des choses
pour une journaliste feuilletoniste aventurière…

Un pâle rayon de lune éclaire les arbres et les fourrés du Jardin des plantes. Bien caché dans son nid de branches, le ptérodactyle est assoupi, drapé dans ses ailes, Nelson endormi entre ses pattes. Le petit fox-terrier semble assez heureux, finalement, d'avoir abandonné le palais de l'Élysée pour vivre une nouvelle vie aventureuse. Soudain, Nelson dresse une oreille et ouvre un œil…

Adèle Blanc-Sec et Zborowsky, qui s'est habillé à la hâte, écartent des branchages et s'approchent discrètement de l'espèce de clairière où le monstre du jurassique a élu domicile. Zborowsky fait signe à celle qu'il aime de s'arrêter.

– Vous voyez, chuchote-t-il, je ne vous ai pas menti.

– C'est incroyable, murmure Adèle, ébahie.

Et pourtant, il en faut beaucoup pour étonner notre héroïne.

Nelson, complètement réveillé maintenant, se met à grogner. Le ptérodactyle se réveille.

Angoissé, et comme on n'est jamais trop prudent, Zborowsky commence à reculer, mais la jeune femme, écartant les branches qui les dissimulaient, s'avance vers le nid.

– Faites attention, mademoiselle Adèle, murmure Andrej, d'une voix blanche.

– Ne vous inquiétez pas, j'en ai dressé des plus coriaces !

D'une poche, elle sort son paquet de graines pour les pigeons et en jette une poignée devant l'animal qui la regarde, de profil, braquant son gros œil sur cette intruse.

– Petit, petit, fait Adèle comme si elle avait affaire à un simple volatile, quoique légèrement surdimensionné.

Le jeune Andrej écarquille les yeux, s'attendant au pire, et sans doute prêt à bondir au secours d'Adèle. Mais elle a apparemment décidé de jouer son va-tout[1]. Il faut qu'elle réussisse. Pour sauver Espérandieu et pour sauver sa sœur.

Pour lutter contre sa frayeur, elle pense à la guillotine qui attend le pauvre Espérandieu et ça lui donne le cran d'avancer, un pas après l'autre, sous les regards incrédules de Zborowsky.

– Mademoiselle Adèle ? chuchote ce dernier, il mange plutôt de la viande !

Effectivement, le ptérodactyle ne bouge pas, regardant les graines d'un air indifférent. Notre jeune héroïne jette un œil sur les os qui jonchent le sol.

– Au temps pour moi, dit-elle.

Et elle reprend sa marche, lentement, doucement, vers l'animal qui déploie ses ailes pour les dégourdir, mais qui ne s'envole pas.

– D'où viens-tu, mon bel oiseau ? Hein ? En tout cas... Tu en as un beau plumage ! Et sans mentir, si votre plumage ressemble à votre ramage...

Le reptile volant pousse un cri rauque, très laid, sorti du fond des âges.

– Bon ! Il ne fait pas partie de la famille du rossignol en tout cas ! lance Adèle Blanc-Sec pour se donner du courage.

Le ptérodactyle se redresse un peu sur ses pattes et fixe Adèle avec insistance. Derrière son arbre, le jeune paléontologue est de plus en plus angoissé.

---

1. Jouer sa dernière chance.

– Faites attention, Adèle ! il vous prend peut-être pour une chèvre !

– Ah vous, vous savez parler aux femmes, Zborowsky !

– Non ! C'est pas ce que je voulais dire, c'est…

– On m'a plus souvent donné des noms d'oiseaux ! Ma colombe, mon petit poussin… mon…

Laissant le pauvre Andrej à sa honte, Adèle s'adresse directement au ptérodactyle.

–… truc en plume… Tiens, d'ailleurs… Ce ne seraient pas mes plumes qui t'intéressent ?

Remuant doucement les mains, Adèle joue un peu avec son boa en plumes d'autruche et effectivement l'animal préhistorique réagit. Son œil fixe les plumes qui bougent et semblent danser lentement. Adèle retire complètement le boa d'autour de son cou et, le prenant dans ses mains, elle avance tout doucement vers le monstre, tout doucement…

Toute honte bue désormais, Zborowsky est maintenant tétanisé de frayeur. Il n'ose même plus regarder vers Adèle qui s'approche dangereusement de la gueule meurtrière du saurien volant.

Elle tend les bras et finit par caresser doucement la tête du monstre avec les deux bouts de son boa de plumes. L'animal se laisse faire. La jeune femme se met à chantonner, à voix douce…

– Mon truc en plume, plume de z'oiseaux, de z'animaux…

– Incroyable, fait Zborowsky, bouche bée.

– Voilà, dit Adèle à la bête, c'est bien… Maintenant qu'on est copains, j'ai un petit service à te demander !

Elle pose doucement le boa autour du cou du monstre. On dirait qu'elle s'apprête à le chevaucher !

– Mademoiselle Adèle ! crie Zborowsky, perdant toute prudence. Vous n'allez tout de même pas…

– Je vais me gêner ! réplique la jeune femme.

Et pour être plus à l'aise, elle déchire sa robe verte. Au bruit, le ptérodactyle lève un sourcil. On dirait presque qu'il apprécie ce strip-tease.

– C'est de la folie ! fait Zborowsky, qui apprécie lui aussi, mine de rien, cette transformation vestimentaire.

– Mais non ! réplique Adèle… Ça doit pas être bien plus compliqué que le chameau !

– Si ! crie Zborowsky, complètement affolé !

Mais Adèle lève la jambe droite, comme on fait pour monter à cheval, et la passe par-dessus le dos du monstre… Qu'elle enfourche !

Surpris, le ptérodactyle se soulève aussitôt et notre héroïne s'agrippe à son boa pour le contrôler. Comme une version féminine de Buffalo Bill – qui avait enthousiasmé le public parisien quelques années auparavant – voici Adèle Blanc-Sec qui fait le cow-boy, la cow-girl plutôt, en plein rodéo sur un monstre antédiluvien[1] !

Elle résiste vaillamment aux secousses. Zborowsky est affolé. Nelson aussi, qui se met à courir partout en aboyant comme un fou, et Adèle fait de son mieux pour maîtriser son étrange monture.

Au bout d'un moment, l'animal commence à fatiguer, et sa cavalière lui caresse le cou pour le féliciter.

– Voilà… c'est bien mon coco ! Sage !

– Vous êtes incroyable, Mademoiselle Adèle ! fait Zborowsky, plus qu'épaté.

– Maintenant que l'incroyable est fait, déclare Adèle, avec un rien de fierté… Passons à l'impossible !

Et comme sur son chameau dans les dunes d'Égypte, elle pousse le fameux cri :

1. D'avant le Déluge, très lointain.

– YAHALAA !!

Elle tire sur ses rênes improvisées et le ptérodactyle décolle aussitôt. Le reptile tourne un peu sur place au-dessus des arbres de sa clairière, puis s'élance vers le ciel.

Et l'étrange silhouette d'Adèle chevauchant ce monstre d'un autre âge se découpe sur un reste de lune qu'estompent les premières lueurs de l'aube.

26

Un interlude funeste où l'homme (et même la femme) s'avère un loup pour l'homme, et nettement plus monstrueux qu'un ptérodactyle...

Nous quittons malheureusement Adèle Blanc-Sec pour quelques instants, le temps de monter un escalier bien étroit qui s'élève dans un immeuble sombre, à la suite d'un groupe de bourgeois parisiens qui suit le gérant de cet immeuble. Dans un froufrou de robes longues et de bruits de talons, deux femmes et deux hommes en frac[1] grimpent, un peu essoufflés, vers un étage élevé.

– Comme tout ceci est excitant ! dit l'une des femmes avec une voix pointue, aussi agaçante qu'une vrille[2] de dentiste.

– Vous n'avez encore rien vu, ma chère, répond l'un des hommes.

– Il faudra d'ailleurs bien regarder, car le spectacle est court ! enchaîne l'autre homme.

– Court, certes ! mais il est à couper le souffle ! précise le premier homme.

Cette répartie déclenche des rires qui résonnent dans cette cage d'escalier.

– Armand, vous êtes tellement spirituel, dit la femme qui a le rire le plus aigu, entre deux spasmes qui font se demander si elle ne simule pas cette hilarité galopante ou si elle ne cherche pas à séduire son interlocuteur.

– Vous m'inspirez, vous m'inspirez ! réplique ce dernier, avec un petit rire égrillard et complice.

---

1. Habit de cérémonie.
2. Petite perceuse, fraise.

Tout ceci serait fort drôle s'il s'agissait d'une de ces comédies de boulevard qui font la joie des directeurs de théâtre en cette belle année 1912. Deux couples légitimes, des désirs illégitimes entrecroisés, des quiproquos… Mais tel n'est pas le sens de cet interlude, car voici nos quatre bourgeois à la mine un peu tirée par une nuit blanche, et leur guide rouge et bedonnant arrivés sur le palier d'un appartement haut perché. Le gérant sort une clé et ouvre la porte avec un cérémonial certain et un peu exagéré.

– Messieurs dames, nous y voilà ! annonce-t-il comme un Monsieur Loyal avant un grand numéro de cirque.

Or, c'est presque de cela qu'il s'agit. Un drôle de cirque, plus proche des sanglantes arènes romaines que du cirque d'Hiver. Mais n'anticipons pas. Et gageons que si Adèle Blanc-Sec était présente dans ce petit appartement, elle les aurait volontiers précipités tous ensemble dans la machine à emballer les momies, comme Dieuleveut, si une telle chose était possible. Bien que ce soit presque un sort trop enviable pour des goujats comme eux. Et presque une insulte à la science des savants de l'Égypte ancienne. Mais heureusement pour nos quatre bourgeois, Adèle n'est pas là.

– Je vous ai préparé une petite collation pour vous mettre en appétit, ajoute le gérant.

Et il se tourne en désignant une table couverte de divers pâtés, charcuteries, tranches de pain, et garnie de verres et de bouteilles de vin.

– Vous avez bien fait, répond Armand, voici pour vous…

Et le fier Armand sort de sa poche de gousset quelques billets de banque pliés en quatre, qu'il tend au gérant sans la moindre vergogne[1].

1. Sans aucun état d'âme.

Or, ce qui va suivre est assez surprenant. Sauf pour certains lecteurs qui auront vu venir le drame dans cette mauvaise comédie de boulevard. Car il y en a de bonnes, heureusement. Mais pas celle-ci.

– Bon spectacle, dit le gérant.

Et refaisant une courbette pour ces dames, il disparaît ensuite par la porte palière[1] qu'il referme doucement derrière lui.

L'une de ces dames, celle au rire un peu factice, après avoir jeté des regards dédaigneux sur le décor et le « buffet », s'est justement approchée de la fenêtre de ce modeste appartement qui donne sur un petit balcon. L'aube pointe dans le ciel. Elle ouvre la fenêtre et s'avance, posant les mains sur la rambarde.

– Venez vite ! dit-elle soudain aux trois autres, ça commence.

Et l'on s'aperçoit à cet instant que ces deux couples de fêtards fatigués par une nuit qu'il leur a fallu tuer, après un dîner bien arrosé, une pièce de théâtre qu'ils ont jugée à peine amusante et un peu vulgaire, puis une soupe à l'oignon tardive et quelques verres dans un cabaret où le french cancan a presque fait rougir ces dames tout en émoustillant ces messieurs, ont en fait loué cet appartement pour regarder en bas… tout simplement… Regarder d'en haut, sans être dérangé par le vulgaire populo, le coin du boulevard Arago et de la prison de la Santé. Pour assister au spectacle de la lame acérée de la « bascule à charlot » qui va s'abattre sur la nuque de ce pauvre professeur Espérandieu. Rien n'est trop cher pour les gens qui aiment se repaître de la souffrance et du sang des autres.

1. Porte qui s'ouvre sur le palier.

27

… car en bas, l'heure fatidique est arrivée…

L'aube est la promesse d'un nouveau jour, sauf pour les condamnés à mort.

Et c'est donc au « spectacle » d'une exécution capitale que nos quatre bourgeois si spirituels sont venus assister, du haut du cinquième étage d'un immeuble dominant les hauts murs et les bâtiments de la prison de la Santé, presque à l'angle de la rue de la Santé et du boulevard Arago. C'est là que, depuis 1899, sont rangés les « bois de justice », ceux qui tiennent « le couteau ». Mais il n'y a pas eu d'exécution capitale à Paris entre cette date et 1909.

Une bande de curieux malsains, mais moins fortunée que nos quatre bourgeois, est venue s'agglutiner sur les trottoirs en face de la guillotine, contenue par une rangée de gendarmes.

Et ça papote ferme. Ça rigole. Ça attend le sang. Ça se moque. « Espérandieu, avec un nom comme ça, y croit qu'y va pas aller en enfer, peut-être ? » Ça se raconte des anecdotes sur d'anciennes exécutions, sur la vie secrète du « faucheur » et de ses aides, sur le « pétrodactyle », sur le président « qui y'était contre la peine de mort et pis maintenant qui y'est bien obligé d'y être pour… »

Et puis le silence se fait soudain, car les portes de la Santé se sont ouvertes et le professeur Espérandieu s'avance, solennellement accompagné par le cortège des officiels. On le regarde. Les murmures de la petite foule reprennent. On détaille sa maigre silhouette. On lui prête un regard « de dément », à ce savant assez fou pour s'amuser avec un « monstre sorti du fond des âges »… On chuchote à qui mieux mieux.

Le maître d'œuvre, un remplaçant de Deibler, souffrant d'une grippe, vérifie que le condamné a bien les mains attachées et que la lame de son engin de mort est bien tranchante.

Espérandieu est épuisé, résigné, absent. On le pousse doucement vers l'estrade. Il monte les quelques marches et le premier rayon de soleil vient caresser son visage. Il s'arrête, sourit tristement et lève la tête en fermant les yeux, comme pour mieux profiter de cette dernière caresse.

« Le couteau tombe, la tête est tranchée à la vitesse du regard, l'homme n'est plus. À peine sent-il un rapide souffle d'air frais sur la nuque. »

De vieilles lectures reviennent à l'esprit d'Espérandieu. Le docteur Joseph Ignace Guillotin, concepteur de cette machine à tuer les hommes, considérait cette méthode de décapitation mécanique comme plus humaine que la pendaison ou la décapitation à l'aide d'une hache. En effet, l'agonie des pendus pouvait être longue et certaines décapitations à la hache étaient ratées, demandant plusieurs coups. Espérandieu se dit que ça lui fait une belle jambe, tout ça… Il retrouve le sourire. Un bien étrange sourire, le dernier sans doute. Ces absurdités semblent lui redonner la force d'affronter l'horreur qui l'attend.

Il regarde la lame oblique. Mais pourquoi ces détails idiots remontent-ils dans son cerveau juste à cette minute fatale ? C'est comme s'il voyait passer les pages de quelques ouvrages qu'il a dû lire, il y a très longtemps. Oui, le premier projet de guillotine avait une lame horizontale. Et c'est le docteur Antoine Louis, célèbre chirurgien de l'époque, qui préconisa, dans un rapport remis le 7 mars 1792, la mise au point d'une machine à lame oblique, seul moyen de donner la mort à tous les condamnés avec rapidité et sûreté, ce qui n'était pas possible avec une lame horizontale.

D'autres images lui viennent, comme des petits morceaux de ces films du cinématographe, collés les uns aux autres… des visions qui tourbillonnent dans sa tête…

Louis XVI en personne, roi dont on connaît la passion pour la mécanique, apparaît, visitant incognito l'atelier où l'on fabrique l'engin qui va le tuer quelques temps plus tard. Le bourreau officiel de la capitale, Charles-Henri Sanson le repère, mais ne dit rien. C'est sans doute pour cela qu'un des nombreux surnoms de cet engin de mort était la « louisette », se dit Espérandieu. Puis il se rappelle aussi que le constructeur de la première guillotine fut un facteur de clavecins prussien établi à Paris, nommé Tobias Schmidt, ami personnel de ce Charles-Henri Sanson issu d'une longue lignée de « faucheurs ». Schmidt fabriqua la machine pour la somme de 812 livres. Décidément, les prussiens auront fait bien du mal à la France, se dit Espérandieu.

Le vieux savant ne comprend pas ce qui lui arrive. Est-il en train de devenir fou ? Est-ce la proximité de la mort qui lui détraque la cervelle ?

Il lui semble maintenant entendre des voix qui récitent, comme si elles commentaient la lecture d'un livre ou d'un journal, tandis que d'autres images fugitives lui traversent l'esprit…

Jamais le docteur Joseph Ignace Guillotin n'assista à la moindre exécution capitale, chuchotent les voix, et jusqu'à sa mort en 1814, il déplorait en petit comité que son nom soit associé à la machine dont il n'avait fait que préconiser l'étude et l'usage. Enfin, contrairement à ce qui a été maintes fois dit et écrit, le docteur Joseph Ignace Guillotin n'a jamais été victime de « sa » machine, mais d'un anthrax à l'épaule gauche, et ceci bien après la Révolution.

Espérandieu préférerait un anthrax, là, si on lui laissait le choix. Les voix cessent, le tourbillon d'images aussi. Cette folie est-elle l'expression de sa mémoire vacillante ? Comme si cet envahissement de détails sur l'échafaud était la dernière expression de son esprit scientifique ? Plus jamais il ne se servira de tout le savoir accumulé depuis des dizaines d'années. Son immense érudition va disparaître avec lui…

Le silence tombe sur ce coin de rue. Et avec ce silence, une sorte de sérénité terrible envahit le vieil Espérandieu. Il se tourne et constate l'absence de Deibler, le bourreau officiel. Mais quelle importance ? Pourquoi s'attache-t-il à tous ces détails absurdes ? Dans quelques secondes, il sera mort et peut-être, peut-être que son esprit lui survivra, dans les limbes, quelque part…

Le représentant du garde des Sceaux[1], un obscur fonctionnaire qui supervise la procédure avec le directeur de la maison d'arrêt de la Santé, fait un signe au bourreau remplaçant qui s'avance et place un sac noir sur la tête du condamné. Le nouveau bourreau a le sale boulot, et la sale tête qui va avec.

Un silence de mort, c'est malheureusement le cas de le dire, s'abat sur ce coin de rue illuminé d'un rayon de soleil. Le panier est prêt à recevoir le corps. La bassine en zinc est prête à recevoir la tête d'Espérandieu. Les aides du bourreau se préparent à ligoter correctement le pauvre professeur. L'un d'eux, surnommé le « photographe », vérifie le trou à glissière où l'on doit introduire la tête du condamné en regardant dedans, d'où son surnom.

L'instant fatidique est arrivé. La foule de badauds cesse enfin ses murmures et frissonne d'avance du plaisir malsain qu'elle est venue chercher. Nos quatre bourgeois trinquent au balcon et l'on entend distinctement le cliquetis de leurs verres dans le silence.

Mais soudain, une ombre vient masquer le soleil à peine levé. Le bourreau se retourne et a juste le temps de pousser un cri.

---

1. Ministre de la Justice.

Tout va extrêmement vite.

Adèle et son ptérodactyle piquent sur l'estrade, presque invisibles en contre-jour. D'un seul geste, l'animal saisit les épaules d'Espérandieu dans ses griffes et l'arrache de l'estrade comme un vulgaire mouton. Le reptile volant bouscule le bourreau au passage. L'exécuteur des basses œuvres trébuche et tombe, la tête la première sous la guillotine. Le choc est si violent qu'il actionne la poignée retenant la lame et déclenche la mécanique.

Un sifflement. Un « clac » !

Une tête tombe dans la bassine… Les officiels s'affolent, les gendarmes retiennent la foule qui pousse un cri à l'unisson. Personne ne comprend rien à ce qui vient de se passer…

… Au balcon du cinquième étage, l'une des bourgeoises, qui observait tout ça avec ses jumelles de théâtre, est à la fois surprise et déçue. Elle se tourne vers son mari, occupé à ouvrir une nouvelle bouteille pour arroser ce spectacle sanguinaire.

– Je n'ai pas tout saisi, Armand, dit-elle. Pourquoi le bourreau s'est-il envolé avec un sac noir sur la tête ?

28

... la mort en ce Jardin des plantes...

Un bien étrange équipage traverse le ciel de Paris.

Adèle Blanc-Sec, journaliste, montant un ptérodactyle qui tient dans ses griffes le professeur Marie-Joseph Espérandieu qui, lui, n'aura pas l'occasion d'apprécier le spectacle de ce survol de la capitale, vu qu'il a toujours le sac noir sur la tête.

Adèle flatte le cou de sa monture jurassique. Elle sourit, jubilant intérieurement. Elle a réussi ! Elle a dompté cet animal qui emporte celui qui l'a fait naître et qui va maintenant pouvoir s'occuper de Patmosis. Agathe va revenir à la vie ! C'est merveilleux ! Mais il va falloir faire vite, et redoubler d'attention, songe Adèle. Car toutes les polices de France vont se lancer à la recherche d'Espérandieu, après cette évasion aussi sauvage qu'inattendue !

Elle n'a pas bien vu ce qui s'est passé sur l'échafaud car sa monture a agi avec une rapidité foudroyante, mais les témoins de cet enlèvement aérien l'ont probablement aperçue, et la voilà complice de ce que certains vont considérer comme un grave délit, un crime même. Songez donc ! Soustraire un condamné à la peine capitale, au nez et à la barbe des autorités !

Elle se dit qu'une fois achevée la mission qu'elle s'est donnée de sauver sa sœur, elle saura tout expliquer au président Fallières. Ce grand humaniste républicain comprendra qu'Espérandieu était innocent. Il excusera les libertés qu'elle a prises pour arriver à ses fins, car son but était noble ! Il saura montrer sa grande mansuétude[1]. Surtout quand elle lui ramènera son petit Nelson adoré !

---

1. Bonté.

Adèle sent le vent filer sur son visage et dans ses cheveux. C'est merveilleux de voler, accrochée comme ça à un être vieux de centaines de millions d'années, qui plus est… Le soleil de l'aube qui monte éclaire tout Paris. Les toitures et le haut des immeubles de la Ville Lumière étincellent de rose et d'orange. Elle voit les automobiles et les fiacres qui encombrent déjà certaines rues, les passants qui font comme de petites fourmis affairées. Elle se dit qu'un jour sans doute, elle apprendra à piloter un aéroplane. Mais elle ne retrouvera jamais cette sensation incroyable de faire corps avec une espèce disparue d'animal volant, capable de la porter et d'emporter dans ses serres celui qui lui a redonné la vie et qui a bien failli y laisser la sienne.

Adèle voit passer le Panthéon et la montagne Sainte-Geneviève. Au loin, les boucles de la Seine semblent un fleuve d'or et de vermeil argenté du sillage des péniches.

Le ptérodactyle se dirige droit vers son nid, il commence à descendre, ses ailes glissant dans l'air du matin en sifflant doucement, vers les bâtiments du Muséum et les serres, les arbres et le parc du Jardin des plantes…

En bas, Saint-Hubert soupire sous sa peau de mouton camouflage. Sa patience est enfin récompensée, car il voit soudain le terrible animal passer à toute vitesse au-dessus du Jardin des plantes et disparaître plus loin, après les arbres, pour se poser.

– Oh mon Dieu, fait le chasseur ! Il a emporté un homme !

Il se retourne et donne un coup de pied à Caponi, qui dort comme un sonneur dans l'enclos.

– Inspecteur ! crie Saint-Hubert, allez chercher une ambulance, je m'occupe du reste !

Et le reste en question est de mauvais augure car il recharge son impressionnant fusil à lunette. Caponi, réveillé en sursaut, chose qu'il abhorre[1] au moins autant que d'avoir l'estomac vide, gigote un peu en bredouillant.

– Hein ? Oui ! Bien sûr ! Tout de suite !

Et il se rendort aussi sec.

Avant de se poser, le ptérodactyle lâche Espérandieu juste au-dessus de son nid, puis il atterrit en douceur juste à côté. Le vieux professeur, encore à moitié ligoté, s'est affalé dans les branchages. Il marmonne des choses incompréhensibles, face à une totale incompréhension de ce qui lui arrive.

Adèle descend de sa monture préhistorique et enroule son boa tout autour du cou du reptile volant.

– Tiens, dit-elle en souriant, je te laisse mon coco. Tu l'as bien mérité !

L'animal a l'air satisfait de ce présent.

– Y'a quelqu'un ? Où sommes nous ? En… enfer, c'est ça ? fait la voix étouffée d'Espérandieu sous son sac de toile noire épaisse.

Zborowsky s'est précipité et il aide Adèle à relever le professeur. Ils lui détachent les mains et lui ôtent le sac qui l'aveuglait. Espérandieu ouvre de grands yeux en voyant notre héroïne.

– Adèle ? Mais, comment est-ce possible ?

---

1. Déteste, dont il a horreur.

Nelson vient se coucher entre les pattes de son nouvel ami, enfin de retour. À les regarder comme ça, on dirait que le saurien volant raconte ses dernières aventures à son copain le canidé[1].

Adèle désigne le ptérodactyle.

– C'est lui qui vous a sauvé, dit-elle. Vous lui avez donné la vie, c'était bien normal qu'il sauve la vôtre !

Espérandieu en a les larmes aux yeux. À cet instant, le professeur Ménard sort d'un taillis, dans tous ses états.

– Zborowsky ! Que se passe-t-il ? Et qui sont ces…

Ménard s'interrompt en reconnaissant le célèbre vieux professeur.

– Espérandieu ?

– Ménard !! fait Espérandieu tout content.

– Par tous les saints ! mais par quel miracle ?

– Ménard-ce-vieux-renard ! plaisante Espérandieu.

Et les deux hommes se tombent dans les bras.

Mais caché dans les fourrés qui bordent cette espèce de clairière bien abritée des regards, Saint-Hubert glisse la gueule noire de son long fusil de chasse entre deux branches et colle son œil dans la lunette. Il vise le ptérodactyle, bien tranquille dans son nid, avec Nelson qui grignote un vieil os. Mais les deux éminents professeurs sont pile dans la trajectoire. Saint-Hubert peste.

– Oui, eh bien, bouge-toi, le renard ! Aujourd'hui, c'est un autre gibier qui m'intéresse !

Ménard-le-vieux-renard, interroge Espérandieu.

– Mais comment diable êtes-vous arrivés jusqu'ici ?

1. Qui fait partie de la famille des mammifères carnassiers, comme le chien, le loup…

– Oh, c'est une longue histoire !

Adèle, sentant qu'il va la raconter à son vieil ami, s'interpose immédiatement.

– Oui ! Eh bien vous la raconterez plus tard ! Cet hiver peut-être, devant un bon chocolat ! En attendant, on a une momie à réveiller et une jeune fille à sauver !

Ménard et Zborowsky sont perplexes. Ils la fixent, avec des mouvements de sourcils inquisiteurs[1].

– Je plaisante, bien sûr, fait Adèle avec des sourires complètement faux.

– Ah ? dit Espérandieu… Oui ! Elle plaisante !

Adèle le prend par le bras.

– Et vous, vous devez être fatigué après un tel voyage ?

– Oui, répète le vieux professeur, je suis très fatigué.

– Et vous aimeriez bien rentrer chez vous ?

– Et je ferais mieux de rentrer chez moi !

– Je vous raccompagne ! lance Adèle d'un ton jovial[2] particulièrement bien fabriqué.

Et elle l'entraîne vers les fourrés pour quitter les lieux, mais Espérandieu l'arrête une seconde et se tourne vers le directeur du Muséum.

– Ménard ? Veillez bien sur lui, dit Espérandieu en désignant le ptérodactyle d'un mouvement du menton. Malgré son grand âge, il est encore tout jeune !

– Je l'ai déjà veillé quand il était dans l'œuf, répond Ménard en souriant d'un air compréhensif et ému. Allez, faites-moi confiance, je m'en occuperai comme de mon propre poussin !

---

1. D'une curiosité indiscrète.
2. Gai.

– Merci, lui dit Espérandieu, tremblant d'émotion, de fatigue, de soulagement et d'incertitude.

Ce qui fait beaucoup pour un homme de cet âge.

Adèle l'entraîne vers la lisière de cette petite clairière. Elle marche droit dans la direction de… Saint-Hubert et son fusil !

– Attention, le petit oiseau va sortir, murmure Saint-Hubert pour lui-même, le doigt sur la détente, bien planqué dans son buisson comme le terrible chasseur qu'il est.

Pas si habile, en fait, car Adèle remarque tout à coup une petite brillance dans le buisson. Un reflet du soleil sur la lunette du long fusil. Femme moderne avant l'heure, Adèle est une femme d'action même si elle aime par-dessus tout lire son courrier dans son bain. À force de fréquenter des gens infréquentables comme les malfrats Égyptiens « associés » dans sa recherche du tombeau de Patmosis ou divers personnages malfaisants comme le sinistre Dieuleveut, elle a acquis des réflexes immédiats qui lui ont souvent sauvé la vie. Et celle des autres.

Apercevant cet éclat de soleil incongru, elle se jette sur le vieil Espérandieu et elle a juste le temps de l'aplatir dans l'herbe : la balle de Saint-Hubert siffle au-dessus de leurs têtes et atteint le ptérodactyle en plein poitrail.

Le coup de feu a retenti très violemment, comme une énorme porte qui claque. Et cette porte a claqué sur le sort de l'animal, qui gémit instantanément de douleur, agitant mollement ses ailes, titubant sur place…

Un peu plus loin dans ce Jardin des plantes normalement si paisible, au milieu de l'enclos où il dormait sous sa peau de mouton, Caponi s'est réveillé en sursaut au bruit de cette détonation. Un réflexe professionnel, sans doute.

Menard et Zborowsky se regardent, regardent Adèle et Espérandieu, regardent le ptérodactyle, affolés.

Dans sa cachette, Saint-Hubert essaye d'engager une seconde cartouche dans le canon de son long fusil, mais l'arme s'est enrayée. Il s'énerve, secouant la culasse[1].

– Ah, c'est pas le moment de me lâcher, toi !

Nelson, le petit fox-terrier du président de la République, regarde son nouveau copain, cette espèce de grand oiseau rougeâtre qui a fait de lui le premier chien volant de l'histoire des chiens et qui lui a donné de si merveilleux os à ronger, et il comprend que son ami est blessé. C'est fou ce que les chiens peuvent comprendre vite… Furieux, Nelson part à fond de train.

Le petit fox-terrier a tôt fait de repérer le chasseur derrière ses buissons, qui lui, ne l'a pas vu. Le chien passe à côté d'Adèle et Espérandieu, qui commencent à se relever, fait le tour du fourré à toute vitesse et se jette sur Saint-Hubert par derrière en grognant comme un enragé. Il lui saisit un mollet entre ses petits crocs et le mord, décidé à rester accroché jusqu'à ce que son copain soit vengé.

1. Partie arrière du canon du fusil.

– Vas-tu me lâcher, sale bête ! crie le chasseur soudain moins vaillant, mais très énervé.

Les petites dents de Nelson lui font un mal de chien, c'est le cas de le dire. Et Saint-Hubert est surtout très humilié d'être ainsi agressé par un petit animal ridicule ! Un grand chasseur de fauves comme lui ! Il essaye de frapper le clebs avec la crosse de son fusil, mais c'est difficile, parce qu'il tourne avec lui, comme s'il était planté dans son mollet à l'horizontale, ce qui est précisément le cas.

Ménard, lui, ne sait pas comment s'approcher du ptérodactyle blessé. Toutes ses études, toute sa science de paléontologue, tout son savoir ne l'ont jamais préparé à se retrouver devant un reptile volant du jurassique blessé par balle ! Par la balle ignorante et quasi obscurantiste[1] d'un béotien[2], chasseur de fauves de surcroît[3]. Et ce pauvre « oiseau » du fond des âges saigne, saigne et gémit… et ce son rauque et grinçant est un arrache-cœur…

Adèle a un problème équivalent. Quand elle s'est relevée, après le coup de feu, elle a tout de suite vu qu'Espérandieu saignait. Une tache rouge grandit sous sa chemise. Elle n'en croit pas ses yeux. Espérandieu est tellement en osmose avec son ptérodactyle qu'il porte la même blessure, comme s'il avait reçu une balle aussi ! Mais Espérandieu ne dit rien.

Zborowsky, qui s'est précipité vers Adèle plutôt que vers le monstre volant, même blessé, ne sait pas bien quoi faire. Quand il regarde Adèle, il perçoit une intense détresse chez elle, même si elle serre les lèvres sans rien dire. Quelque chose qui dépasse largement le simple accident de

1. S'opposant à la raison et au progrès.
2. Individu ignorant et rustre.
3. En plus.

chasse à l'animal préhistorique, ce qui serait déjà un crime en soi, non pas contre l'humanité, mais contre tout ce qui l'a précédé. Et, même pour le jeune Andrej, qui malgré sa timidité maladive, est loin d'être un imbécile, la mort de cet animal sorti d'un œuf vieux de plus de cent cinquante millions d'années est une catastrophe pour la Science, avec un grand S.

À force de gesticuler en tous sens pour se débarrasser du chien accroché à son mollet, Saint-Hubert finit par sortir de son bosquet, son fusil à la main, criant comme un porc qu'on égorge, ce qui est très exagéré.

Ménard l'aperçoit, voit le fusil et fonce sur lui, ivre de colère.

– Mais qui vous a permis, ignoble crétin, de tirer ainsi sur la Science !

Tout à fait ridicule avec sa peau de mouton sur le dos et Nelson accroché à son mollet, Saint-Hubert est complètement décontenancé par cette virulence.

– Je… je suis Justin de Saint-Hubert, chasseur de fauves…

– Chasseur de fauves, hein ? fait Ménard, fou de rage en lui arrachant son fusil avec autorité.

Sans même examiner le fusil, le professeur Ménard l'arme avec aisance.

– Moi aussi, je suis chasseur ! ajoute-t-il, mais je ne tire que les brebis galeuses et vous m'avez l'air d'un beau spécimen !

Et il braque le fusil sur Saint-Hubert, qui s'affole et commence à reculer, ce qui n'est pas très pratique avec Nelson accroché au mollet.

– Mais… Qu'est-ce que vous faites ? Vous n'avez pas le droit ! bredouille Saint-Hubert.

– Le chasseur a tous les droits ! réplique Ménard, d'un ton sans appel. Allez, je vous donne cinq secondes d'avance ! Histoire de pimenter la chasse ! cinq secondes, c'est fair-play, non ?

– Vous n'allez pas faire ça, dit le nettement moins vaillant chasseur qui blêmit.

– Je vais me gêner !

Ménard tire un premier coup et le rate. Nelson, affolé par le bruit et la colère de Ménard, lâche le mollet du chasseur et s'enfuit.

Dans les fourrés, non loin de là, Caponi a entendu le coup de feu. Il s'inquiète et se fraye un passage entre les branches, se guidant sur la source du bruit.

– Saint-Hubert ? ! Oh mon Dieu ! À moi, mes hommes ! crie l'inspecteur affolé.

Ménard recharge tandis que Saint-Hubert part en courant. Le professeur, rouge de colère, se lance à sa poursuite.

Dans la clairière, il ne reste qu'Adèle et Zborowsky, qui essayent de relever Espérandieu, tandis que le ptérodactyle a l'air d'agoniser dans son nid.

– Ne mourez pas maintenant, je vous en supplie, murmure Adèle à Espérandieu qui saigne abondamment.

– Je… je fais de mon mieux, répond faiblement le professeur.

– Laissez-moi vous aider, dit Zborowsky, voyant qu'Adèle essaye d'entraîner Espérandieu hors de la clairière.

– Zborowsky, si vous voulez vraiment m'aider, restez ici et soignez le ptérodactyle.

– Mais le professeur saigne ! Il vaudrait mieux…

– Justement ! le coupe Adèle avec autorité. Les deux sont liés ! Ne me demandez pas pourquoi ou comment, mais si nous perdons l'animal, nous perdrons également le professeur ! Alors faites en sorte que cela n'arrive pas !

– Bien, bien, dit le jeune scientifique.

Et Adèle s'éloigne, soutenant le professeur Espérandieu du mieux qu'elle peut.

Zborowsky regarde le ptérodactyle et se demande bien comment il va pouvoir le soigner.

– Je… je m'en occupe, dit-il au petit Nelson, revenu se blottir contre son ami volant.

Zborowsky se demande comment procéder, quand il détourne soudain la tête, alerté par une nouvelle détonation quelque part dans le Jardin des plantes. Nelson se met à gémir…

Dans les allées désertes, Ménard a une nouvelle fois raté Saint-Hubert. Son fusil fume encore. Le chasseur devenu gibier fuit, il est apeuré, en sueur et souffle comme un animal traqué. Derrière lui, le professeur reprend sa course, serrant le fusil contre lui. Ménard a des yeux de dément.

Saint-Hubert grimpe à une grille garnie de grillage avec l'énergie du désespoir. Il parvient en haut et, malgré la hauteur des grilles, il se laisse tomber de l'autre côté, lourdement. Il se relève, indemne mais hors d'haleine.

– Tu te défends bien ! hurle Ménard en s'approchant à grands pas. Tu fais honneur à ma chasse ! Je te laisserai les oreilles… et peut-être la queue !

Ailleurs dans l'immense parc, Caponi court dans tous les sens, suivant toujours le bruit lointain des coups de feu. Ses hommes rappliquent, visiblement mal réveillés, et ils emboîtent le pas à leur chef, ce qui est assez complexe car Caponi ne semble pas bien savoir où aller.

Derrière la grille qu'il a franchie, Saint-Hubert se retrouve coincé au pied de quelques faux rochers en ciment, garnis de quelques arbustes maigrelets et de quelques énormes troncs et branches d'arbres dénudés. À bout de souffle, il s'arrête. Il se retourne. Il est perdu. Ménard s'est arrêté derrière la grille, face à lui, et il a passé la gueule du fusil à travers le grillage.

Est-ce à cause de la perte irrémédiable du trésor scientifique que représentait le ptérodactyle ? Ou à cause d'une simple aversion, changée en haine virulente, pour la bêtise crasse de ce chasseur de fauves déguisé en mouton ? Toujours est-il que Ménard semble avoir largement dépassé les limites de la raison. Ses yeux étincellent d'une folie meurtrière incontrôlable.

– Peut-être préfères-tu avoir ton trophée au-dessus de ma cheminée ? dit-il d'un ton qui ne présage rien de bon. Ce serait un tel honneur pour toi, n'est-ce pas ?

– Pitié, je vous en supplie ! dit Saint-Hubert, exténué et tremblant de terreur.

– Souriez ! fait Ménard comme s'il allait le prendre en photo !

Saint-Hubert ferme les yeux. Sa brillante carrière de chasseur de fauves va s'achever là, dans cet enclos où il va se faire tirer comme un vulgaire lapin terrorisé. Un mouton, plus exactement…

Ménard vise avec application, un sourire de dément aux lèvres. Il appuie sur la détente.

CLIC.

Il n'a plus de cartouches !

Saint-Hubert rouvre les yeux et porte une main à son cœur. Il n'est pas mort ! Mais il n'est pas loin de la crise cardiaque. Il est plus pâle que sa peau de mouton ou son costume colonial immaculé, mais pas mal sali par les péripéties de cette aube funeste. Son expression change soudain, et pas seulement parce que Ménard est l'image de la déception totale, tenant son fusil inutile de l'autre côté du grillage. Non. Saint-Hubert vient d'apercevoir Caponi qui arrive avec ses hommes derrière Ménard et l'inspecteur – que Saint-Hubert pourrait embrasser, là, maintenant, s'il était du bon côté des grilles – braque son gros revolver dans le dos de Ménard.

– Personne ne bouge ! crie Caponi.

Ménard soupire et se retourne, et il semble un peu calmé, même si une inquiétante lueur illumine encore son regard.

– Voilà bien des méthodes policières, dit-il d'un ton très professoral. Crier « Personne ne bouge » à une personne seule ! ne pensez-vous pas que « Ne bougez pas » aurait été plus approprié ?

Le policier est légèrement décontenancé.

– Euh… les mains en l'air ! dit-il, pas très rassuré car Ménard tient toujours le dangereux fusil de Saint-Hubert.

Les hommes de Caponi restent prudemment à distance.

– De toute façon, lâche Ménard dans un soupir, vous ne craignez rien : je n'ai plus de munitions !

– Jetez votre arme ! ordonne alors l'inspecteur, reprenant du poil de la bête.

– Hooo, fait Ménard, vous m'avez l'air d'un beau spécimen, vous aussi !

– Neutralisez cet homme et embarquez-le, crie Caponi à ses hommes.

Les poulets[1] s'approchent, convergeant vers le professeur. Puis ils se jettent tous sur lui et l'emmènent sans ménagement.

Derrière les grilles, Saint-Hubert s'assoit sur un faux rocher et enlève son casque colonial en soupirant. Il a les cheveux collés de transpiration et le souffle court.

– Pfffft ! Eh bien, j'ai eu chaud aux fesses !

Caponi le regarde, un peu inquiet.

– Ne… ne bougez pas, dit l'inspecteur à voix basse, je… je vais chercher du renfort.

– Prenez votre temps, répond Saint-Hubert, soulagé.

Et le policier part en courant.

Saint-Hubert s'évente avec son casque. Il n'a pas encore réalisé que, pour échapper aux projectiles de Ménard, il a escaladé les grilles renforcées de l'enclos réservé aux gorilles. Deux énormes bêtes l'observent, en haut des faux rochers.

Mais Saint-Hubert finit tout de même par sentir quelque chose. Il hume l'air ambiant, le nez levé, et se retourne.

Son regard croise celui des deux gorilles. Ils semblent bien excités par cette nouvelle jeune guenon en short blanc. Ils commencent à se rapprocher, roulant leurs énormes épaules.

– Oh non, murmure Saint-Hubert qui anticipe la suite des événements…

1. Policiers (familier).

Pendant ce temps, Adèle et Espérandieu ont atteint la sortie du Jardin des plantes. Adèle soutient le professeur, de plus en plus pâle, et sa chemise rouge de sang ne lui dit rien qui vaille. De l'autre main, elle hèle un taxi providentiel, qui s'arrête. Elle aide le professeur à s'installer à l'arrière, lorsque retentit un cri monstrueux, venu des arbres derrière elle.

– 28 rue Dufour, lance-t-elle au chauffeur en montant dans le taxi. Et que ça saute !

Le taxi s'éloigne, tandis que des hurlements s'échappent toujours du Jardin des plantes.

– Non ! Non !… Pas comme ça ! hurle Justin de Saint-Hubert.

29

Où les redoutables effets d'une étrange symbiose[1] *font perdre tout espoir à notre héroïne…*

Après avoir traversé en taxi le Ve et une partie du VIe arrondissement à la sidérante[2] vitesse de 46 kilomètres à l'heure, au mépris des autres véhicules, chevaux ou piétons, Adèle a réussi à ramener le professeur Espérandieu chez elle, en jurant entre ses dents contre l'absence d'un ascenseur.

Elle installe délicatement Espérandieu dans un fauteuil qu'elle a placé au milieu du salon, face à la momie dans sa vitrine. Elle file dans sa salle de bains et revient avec un gros tampon de gaze[3] qu'elle pose sur la chemise ensanglantée du professeur.

– Que dois-je faire, maintenant, demande-t-elle, essoufflée.

– Placez des objets anciens en cercle autour de moi, dit Espérandieu d'une voix faible… Les plus anciens possible…

Adèle s'exécute à toute vitesse, ramassant dans son étrange capharnaüm[4], parchemins, vases de Chine, livres anciens, statuettes et autres antiquités.

Espérandieu respire de plus en plus mal, par saccades…

… Tout comme le ptérodactyle, aussi faible et ensanglanté que celui

1. Association.
2. Étourdissante.
3. Pansement en coton très fin.
4. Endroit encombré et en désordre.

qui l'a réveillé à la vie, après des millions d'années. La respiration de la bête fait un bruit de forge, avec des à-coups, qui inquiètent terriblement Zborowsky qui revient en courant avec tout un tas de bandages.

Il regarde l'animal blessé d'un air éperdu.

– Il faudrait que je… je puisse vous mettre ce bandage ! bredouille le pauvre Andrej… pour empêcher le sang de…

Le jeune scientifique a les mains qui tremblent. Dans son crâne, de multiples émotions s'agitent et le paralysent. Il y a d'abord le simple fait de voir cette pauvre créature moribonde et de savoir qu'un parfait crétin assoiffé de gloire et de sang vient de détruire un être vivant âgé de plus de cent trente millions d'années. Il y a aussi l'incroyable personnalité d'Adèle Blanc-Sec qui a bravé tous les dangers, allant même jusqu'à faire ami-ami avec la bête pour sauver le professeur Espérandieu. Et le souvenir du baiser qu'elle lui a donné avant de le qualifier de génie ! Et la mission qu'elle lui a confiée : sauver ce reptile volant qui saigne abondamment. Le sens des derniers mots d'Adèle en partant lui a semblé très étrange, inquiétant : « Si nous perdons l'animal, nous perdrons aussi le professeur… »

Zborowsky s'approche doucement, les bandages à la main, mais le ptérodactyle doit avoir perdu toute confiance envers les humains, car il pousse un cri repoussant, horrible, et qui résonne en écho dans tout le Jardin des plantes. Nelson se met à grogner aussi, et Zborowsky fait un pas en arrière.

– Oui ! Bien ! Je… je ne m'approche pas…

Dans son salon, Adèle a fini d'installer les derniers objets anciens autour du fauteuil d'Espérandieu.

– Et maintenant ? dit-elle, en jetant un coup d'œil vers la momie de Patmosis.

– Et maintenant, répond Espérandieu d'une voix de plus en plus faible, vous vous éloignez. Je vais essayer de rentrer en contact avec elle et de voir si elle accepte de me confier les clés…

– Très bien… Quelles clés ?

Espérandieu met un certain temps à répondre, comme s'il rassemblait les dernières forces qui lui restent.

– À la mort, dit-il, le corps tout entier se réduit… et vient s'enfermer dans l'esprit. J'ai découvert la fréquence… qui permet de dialoguer avec l'esprit… qui lui, ne meurt jamais…

Espérandieu pose les mains sur les accoudoirs du fauteuil et ferme les yeux.

Adèle le regarde. Elle sent la tragédie venir, mais elle espère encore, de toutes ses forces. Elle va ouvrir les doubles portes et s'approche du fauteuil-lit où Agathe repose, immobile, le regard fixe. Adèle fixe la pointe de l'aiguille qui dépasse du front de sa sœur. Est-il possible qu'Espérandieu parvienne à réveiller Patmosis et que le médecin d'un pharaon oublié puisse guérir Agathe ?

Adèle veut y croire. Elle se blottit contre sa sœur et la serre sous son bras. Agathe semble fixer le fauteuil d'Espérandieu. Notre héroïne sent son cœur battre, le sien et celui de sa « petite » sœur. Mais rien ne se passe à part un silence envahissant.

– Tout cela doit te paraître un peu dingue, ma sœur chérie, murmure Adèle à l'oreille d'Agathe avec un voile d'émotion dans la voix, mais… c'est le seul moyen que j'ai trouvé pour essayer de te ramener à la vie…

Une larme quitte le coin de l'œil d'Adèle et coule lentement sur sa joue. Elle tente de réprimer l'émotion qui la submerge, appelant toute sa force…

Quelques-uns des objets qu'elle a déposés en cercle autour du fauteuil d'Espérandieu commencent à remuer et cette vision sort Adèle de la vague émotionnelle qui allait la submerger.

Elle écarquille les yeux. Même si elle a déjà été témoin, dans sa courte vie, de phénomènes incroyables, elle doit admettre en elle-même qu'elle est plus que surprise par ce qu'elle voit.

Les divers objets, petites statuettes crétoises, vieux parchemins, vases chinois et autres babioles antiques commencent à remuer, roulent sur le côté, en cercle autour d'Espérandieu qui a toujours les yeux fermés.

Adèle serre l'épaule de sa sœur en fixant l'étrange phénomène qui se déroule devant ses yeux. Les objets accélèrent leur mouvement, tournent et commencent à décoller du sol sans le moindre bruit.

Émerveillée, Adèle regarde sa sœur. Mais Agathe a toujours les yeux fixes, comme si elle contemplait, sans le voir, tout ce qui se passe dans la pièce.

Et soudain, d'étranges lueurs émanent de tous ces objets qui tournent, des rayons lumineux commencent à jaillir et tourner en tous sens dans la pièce. On dirait que les fenêtres sont ouvertes, car du vent souffle dans le salon, envoyant valser les papiers et les journaux qui traînent. Adèle voit, incrédule, les aiguilles de son horloge normande et de toutes les pendules devenir complètement folles, tournant à toute vitesse, à l'endroit ou à l'envers. Les fleurs dans les vases vieillissent et perdent leurs pétales en quelques secondes. L'eau qu'elle avait mise dans la bouilloire le matin même se met à frémir et la bouilloire à siffler…

Espérandieu est en transe. La lumière jaillit maintenant des objets qui tournoient, violente comme des feux d'artifices…

Dans la clairière du Jardin des plantes, le ptérodactyle, lui aussi, est en transe. Il a les yeux révulsés et il est agité de frémissements qui ne disent rien de bon à ce pauvre Andrej Zborowsky, qui tient un morceau de beurre à la main, le regard complètement perdu.

D'une main tremblante, Zborowsky fourre quelques cachets dans la boulette de beurre.

– Peut-être quelques coagulants ? dit-il… Dans une noisette de beurre ?

Le ptérodactyle lève la tête et pousse un long cri qui déchire le silence…

Puis il s'effondre d'un seul coup, sans vie.

Dans le salon d'Adèle, Espérandieu lève également la tête et pousse un cri déchirant, avant de s'écrouler dans son fauteuil, sans vie. Adèle se rue à son chevet.

– Espérandieu ! Non !! Répondez-moi, dit-elle en essayant de ranimer le vieux savant.

En vain.

Adèle laisse échapper ses larmes et elle serre Espérandieu dans ses bras…

Au Jardin des plantes, Zborowsky s'approche de l'animal et il doit se rendre à l'évidence. Cet être du fond des âges, miraculeusement ramené à la vie, vient de quitter sa brève existence.

Nelson se met à hurler à la mort, assis près de son copain volant. Zborowsky, impuissant, quitte le nid la tête basse…

30

Où Adèle a l'une des plus grandes surprises de sa vie…

Dans le salon d'Adèle, le silence est total. Notre héroïne essuie ses larmes d'un revers de main et regarde Espérandieu qui semble dormir, le sourire aux lèvres. Elle semble se ressaisir un peu. Sa sœur, immobile dans son fauteuil, n'a apparemment rien capté du drame, enfermée qu'elle est dans son malheur muet. Adèle la regarde, désespérée, puis elle se tourne à nouveau vers le vieux savant un peu cinglé, dont elle espérait tant. Elle lui renvoie un sourire triste et lui caresse la joue.

– Merci d'avoir essayé, murmure-t-elle…

Puis elle baisse la tête et une vague de chagrin l'emporte à nouveau. Mais dans la vitrine d'acajou, la main de la momie se met à bouger !

Adèle a la sensation d'avoir vu quelque chose remuer dans le coin de son champ de vision. Elle regarde la vitrine. C'est impossible. Patmosis est mort depuis 5 000 ans. Ce doit être un reflet venu de la fenêtre. Mais en fixant bien la momie, elle a à nouveau cette impression étrange. Elle se demande si elle rêve. On dirait que la main de la momie a bougé !

Et soudain, la momie ouvre doucement la bouche, penche légèrement la tête en arrière et… éternue un grand coup, pulvérisant la vitrine d'un coup de tête.

–… à vos souhaits, murmure Adèle par pur réflexe, d'une voix quasi inaudible.

– Merci ! dit Patmosis.

Sous les yeux ébahis d'une Adèle bouche bée – et pourtant, il en faut beaucoup pour la décontenancer – la momie regarde la vitrine brisée, passe le bras à travers le carreau cassé et tourne la petite clé qui lui ouvre la porte.

La jeune femme n'arrive pas à croire ce qu'elle voit. La momie pousse la porte de la vitrine. Quelques morceaux de vitre tombent avec un bruit cristallin qui ajoute à l'aspect irréel de la chose. La momie fait un pas, lentement, puis deux, et vient se mettre face à elle.

– Désolé pour votre vitrine, dit Patmosis.

– Oh, fait Adèle, adoptant un ton détaché, comme si de rien n'était. C'est rien ! Je… j'allais ranger, de toute façon.

Le regard d'Adèle balaye la pièce, constatant l'étendue des dégâts de l'ouragan qui est passé dans son salon quelques instants auparavant. Avant qu'Espérandieu ne cesse de vivre. Et elle se dit que si la théorie du vieux savant était juste, le pauvre ptérodactyle doit être mort également. Et c'est bien triste. Se réveiller d'un sommeil si ancien, pour finir abattu par un crétin de chasseur…

Elle en oublierait presque que, dans son salon, des choses pour le moins extraordinaires sont en train de se produire.

La momie s'approche d'Espérandieu, mort dans son fauteuil, et elle lui caresse la joue.

– Quel dommage qu'il soit déjà parti, dit Patmosis. J'aurais tant aimé le connaître.

Adèle semble sortir enfin de ses tristes rêveries. La momie se balade un peu dans la grande pièce dévastée et vient se mettre face à Agathe, immobile dans son fauteuil.

– Non mais, dites-moi, fait Patmosis, sur le ton de la conversation la plus banale, je vois là comme un lien de ressemblance, non ?

– C'est ma sœur, dit Adèle.

– Ah ?… Elle n'a pas l'air en forme.

– Non, mais… Justement. Peut-être qu'avec toutes les connaissances que vous possédez, vous pourriez peut-être la ramener à la vie ? demande Adèle, soudain pleine d'espoir.

– J'ai effectivement quelques compétences, mais pas celle-là.

– Comment ça ?! Vous… vous n'êtes pas docteur ?

Patmosis se tourne et regarde Adèle de son curieux regard à la fois mort et terriblement vivant, orbites creuses dans sa tête parcheminée à moitié couverte de bandages.

– Absolument pas, dit-il.

Adèle s'effondre dans son fauteuil. La momie continue sa visite de l'appartement, tout en s'expliquant, de son étrange voix.

– Je suis ingénieur en physique nucléaire[1]. Je ne traite que des chiffres, des signes et des équations. Rien de bien extraordinaire…

La momie entre dans la petite cuisine d'Adèle.

– Les docteurs, eux, restent avec leurs pharaons jusqu'au bout et sont placés généralement dans des tombes voisines, juste à côté…

La momie aperçoit la bouilloire et une théière…

– Vous permettez que je me fasse un thé ?

Dans le salon, Adèle est complètement abattue, effondrée dans son fauteuil.

– Faites comme chez vous, dit-elle, d'un ton morne.

– Vous êtes bien aimable, répond la momie. Et l'amabilité est une qualité que nous apprécions beaucoup dans notre dynastie…

Adèle soupire. Un moment passe comme ça, pendant que la momie s'affaire dans la cuisine. Malgré l'incroyable situation – ce n'est pas tous les jours qu'on a une momie en train de faire du thé dans sa cuisine – Adèle semble mesurer la vanité de ses efforts. Toute cette énergie dépen-

1. Partie de la physique moderne qui étudie le noyau des atomes.

sée. Ce voyage fou en Égypte. Espérandieu qui a sacrifié sa vie et celle de son ptérodactyle du même coup, juste pour l'aider… Et maintenant, voilà que cette momie n'est pas la bonne ! Elle n'est pas le médecin du pharaon. C'est un ingénieur en physique nucléaire, comme elle le dit, et Adèle ne sait même pas de quoi il s'agit. Mais en tout cas, rien qui puisse servir à sauver sa sœur… tous ces efforts, pour rien… c'est trop de déception…

Elle entend à peine la bouilloire siffler. Et ces petits bruits si banals de l'eau bouillante qu'on verse sur les feuilles de thé. Incroyable qu'une momie connaisse le thé, d'ailleurs, se dit Adèle. Ils avaient déjà du thé en Égypte, il y a cinq mille ans ? Mais même cette pensée incongrue ne la tire pas de sa déception, qui frise le désespoir. Et pourtant, Adèle n'est pas quelqu'un qui se désespère facilement, bien au contraire… Mais, là… Elle a atteint le fond.

La momie quitte la cuisine et revient dans le salon, une tasse fumante à la main. Elle s'installe sur un fauteuil en face d'Adèle et déguste une gorgée de son thé.

– Je dois avouer que pendant toute cette aventure, je vous ai trouvée particulièrement chaleureuse à mon égard, et je vous en remercie, dit Patmosis.

– Vous entendiez ? demande Adèle, intriguée tout de même.

– Tout.

– Et vous voyiez aussi ? Quand par exemple, je…

Adèle se souvient soudain, en rougissant un peu, qu'elle s'est déshabillée devant la momie.

– Tout ! dit Patmosis.

Un peu confuse, Adèle met les mains sur sa poitrine, comme si la momie pouvait encore la voir !

– Ne soyez pas gênée, dit Patmosis. Quand on a un corps comme le mien, on apprécie davantage celui des autres, surtout quand il est aussi bien fait.

– Merci, réplique la jeune femme, toujours aussi gênée.

La momie regarde un instant Adèle, qui ne parvient pas à cacher son désarroi.

– Je suppose, fait Patmosis, que si vous cherchiez un docteur, c'est pour soigner cette enfant ?

Patmosis désigne Agathe, perdue dans ses rêves, figée comme une statue sur son fauteuil pliant à roulettes.

Adèle, paralysée par l'émotion, ne peut que hocher la tête pour dire « oui ».

Patmosis regarde notre héroïne, et même s'il n'est que physicien nucléaire, quelque chose dans son attitude, dans l'intensité de son regard, semble pousser Adèle aux confidences. Comme on parlerait à un médecin, ou à un vieil ami… Elle regarde le vieux savant, mort pour l'avoir aidée, et soudain, c'est trop…

Patmosis hoche la tête, comme pour l'encourager à se livrer. Peut-être a-t-il raison, ce physicien nucléaire ? Quoi que cela puisse être. Peut-être est-ce le moment, dans la vie d'Adèle, qu'elle parle enfin, qu'elle livre son histoire… et son secret…

Une larme coule sur la joue de notre pauvre héroïne quand elle ouvre enfin les vannes de sa mémoire et qu'elle commence à raconter, d'une voix troublée par l'émotion, le chagrin, le souvenir.

– Oui… C'est non seulement ma sœur, mais aussi mon amie, mon ange, ma jumelle… Depuis le premier jour, nous partageons la vie l'une de l'autre…

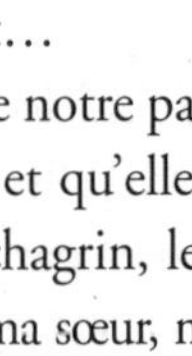

31

Où Adèle raconte son secret,
et quand la vérité nue sort du puits,
c'est rarement le paradis...

Nous étions inséparables, commence Adèle d'une voix émue...

Mais la réalité est légèrement différente et elle ne fera que s'amplifier, car déjà, bébé, Adèle passait son temps à arracher les jouets d'Agathe qui se mettait à hurler toutes les larmes de son petit corps.

Ce qui ne l'empêchait pas, dans les minutes qui suivaient (ayant probablement repris des forces, et Adèle une tarte en pleine poire) de jeter le contenu de son bol sur Adèle qui se mettait à pleurer, mais beaucoup plus silencieusement, ravalant sa colère en serrant les lèvres. Déjà un trait de son caractère...

–... toujours curieuses, poursuit Adèle, partageant les expériences...

L'expérience qui lui revient en premier remonte à quelques jours avant la disparition de leurs parents. Les deux petites étaient grimpées sur une chaise dans la cuisine, une sorte d'Everest, menant à un placard (une sorte de tombeau recelant des trésors) pour y voler des pots de confiture. Malgré les dangers, elles avaient réussi et s'étaient installées bien tranquillement sur le carrelage de la cuisine pour se goinfrer de confiture de fraises, framboises, abricots et autres mirabelles. Mais leur mère était entrée, les surprenant chacune les mains, non pas dans le sac, mais dans deux pots différents ! Face aux regards et aux cris courroucés de leur mère, les deux gamines n'avaient rien trouvé de mieux que de s'accuser mutuellement, chacune désignant sa sœur d'un doigt couvert de confiture...

Aussi, quand Adèle poursuit son récit à Patmosis en disant :

–… découvrant pas à pas les merveilles de la vie, dès le plus jeune âge, nous avions les mêmes passions, celle de la lecture d'abord…

On peut craindre le pire.

Et effectivement, si elle veut bien être honnête, Adèle se souvient à cet instant, qu'adolescentes les deux sœurs s'étaient disputé un livre, un jour, dans la bibliothèque de leur pension, au point de finir par le déchirer pour qu'aucune ne puisse en profiter !

Mais Adèle poursuit son récit, et ces souvenirs racontés contredisent totalement les images qui remontent de son enfance et de son adolescence…

–… passion pour la mode ensuite…

Et Adèle se souvient d'un jour où, dans une boutique, Agathe et elle s'étaient carrément arraché leurs vêtements, par pure jalousie…

–… et pour la peinture…

Adèle revoit la salle de cours où elles apprenaient les arcanes des beaux-arts. Elle se souvient d'Agathe montrant à leur professeur un horrible portrait d'elle, Adèle, ce qui avait déclenché une dispute mémorable.

–… à la fin de l'adolescence, continue-t-elle pour Patmosis qui l'écoute tout ouïe malgré ses bandelettes, notre symbiose était si forte que nous aimions littéralement toujours les mêmes choses…

Adèle s'interrompt. Elle garde en mémoire ce jour où elle embrassait un jeune homme, le tout premier, place de l'Hôtel-de-Ville, à Paris. Et Soudain, Agathe était arrivée, l'avait tirée par le col pour l'écarter et embrasser le jeune homme à son tour !

Dans le salon dévasté, Patmosis hoche la tête, d'un air compréhensif. Puis il regarde Agathe, ses yeux fixes, la pointe de l'aiguille qui dépasse de son front.

– Que s'est-il passé, alors ? demande-t-il, ne comprenant pas ce qui a bien pu provoquer une si terrible situation.

– Un accident stupide, avoue Adèle en baissant la tête, comme si ce souvenir était trop lourd, ce qui est précisément le cas.

Surtout quand on a compris sa facilité à modeler la vérité à son avantage.

– De voiture ? demande Patmosis, impatient.

– Non, dit Adèle en secouant la tête… de tennis.

Et le secret d'Adèle lui vient enfin aux lèvres. Elles étaient dans le vestiaire du club de tennis où elles s'entraînaient toutes deux… Agathe était venue se regarder dans un miroir, admirant sa tenue de sport. Blanche avec de fines rayures bleues, un grand chapeau de soleil, une jupe blanche longue et légère.

– Nous venions d'avoir vingt ans. Agathe était belle comme le jour. Nous avions découvert ce nouveau sport dont nous étions devenues de ferventes adeptes…

Adèle était venue se mettre à côté d'Agathe et s'était regardée à son tour dans le miroir…

– Mais afin d'éviter les conflits entre nous, continue la jeune femme, nous ne faisions jamais de matchs et nos parties étaient strictement amicales…

Adèle revit la scène. Elle ferme les yeux. C'est comme si elle était revenue cinq ans en arrière. Elle voit littéralement la scène.

– Tu me prêtes ton chapeau ? demande Agathe, qui le prend sans attendre qu'Adèle accepte.

Adèle a un sourire sadique.

– Bien sûr que non, réplique-t-elle.

– Merci, fait Agathe sur le même ton.

Puis elle tire la longue épingle du chapeau avant de le jeter par terre.

– De rien, répond Adèle, en souriant jaune.

Agathe pique la longue épingle dans sa chevelure et se fait rapidement un chignon.

– Comment me trouves-tu ? demande Agathe.

– Aussi appétissante qu'une brochette de rognons.

– Ce qu'il faut évidemment traduire par : « Oh mon Dieu ! Pourquoi mes parents lui ont-ils donné la beauté et ne m'ont laissé qu'aigreur et jalousie ! » dit Agathe avec un sourire vainqueur.

– Un jeu partout, balles neuves, peste Adèle.

Et les deux sœurs s'étaient retrouvées sur la terre rouge du court. Un jeune garçon tendait à Adèle deux balles neuves. Adèle les avait prises et s'était mise en place. Vu le regard que les deux sœurs se lançaient, elles n'étaient visiblement pas parties pour se faire des cadeaux.

– Et par ce beau jour de juillet, dit Adèle à Patmosis aussi attentif que s'il avait été spectateur de ce match funeste, ce jour si paisible, si parfait, nous commençâmes à échanger quelques balles.

Les premiers échanges démarrent et deviennent de plus en plus rapides, appuyés, forts. C'est comme si Patmosis voyait la scène reflétée dans les yeux d'Adèle qui regarde sa sœur immobile, paralysée depuis ce jour fatal. Il en perçoit la grande violence.

– Et puis, en pleine euphorie, en plein bonheur partagé, dit Adèle…

En réalité, les deux filles tapent comme des malades en hurlant à chaque coup, avec un comportement qu'on ne retrouvera sur les courts de tennis que presque un siècle plus tard chez les dames.

–… le drame est arrivé. Comme une colombe touchée en plein ciel…

Adèle tire une balle, comme un boulet de canon. La balle frise les 200 kilomètres heure… Et là, sa mémoire lui balance elle aussi le souvenir, mais comme au ralenti… comme si tout se figeait dans une lenteur accentuant le drame… détachant chaque détail de ce qui va suivre…

La balle franchit le filet et vole lentement vers Agathe, avant de l'atteindre et de la frapper en plein front.

La balle s'écrase au-dessus des sourcils d'Agathe. Le choc est si violent que son chignon se défait. Ses cheveux se dénouent lentement, comme si elle était sous une eau limpide, et ils flottent, libérant la grande aiguille à chapeau qui se met à tourner dans les airs… entraînée vers le bas par la grosse boule d'ambre de son extrémité…

Agathe tombe lentement en arrière. L'aiguille rebondit sur la terre battue et se retrouve malencontreusement en hauteur, debout sur la boule d'ambre, quand la tête d'Agathe touche le sol, s'empalant sur la pointe de l'aiguille qui traverse sa nuque et son crâne comme du beurre…

La pointe de l'aiguille apparaît, traversant son front…

Tout s'accélère soudain dans le souvenir d'Adèle.

Elle hurle d'angoisse et de chagrin et se rue vers sa sœur, inerte, sa robe de tennis blanche sur la terre rouge… Le regard d'Adèle se focalise sur la terrible vérité figurée par la pointe de l'aiguille qui dépasse du front de sa sœur…

Adèle la croyait morte, à cet instant. Elle était en pleurs et hurlait pour appeler des secours qui ne tardèrent pas à arriver… Son souvenir s'arrête là…

32

Mais la vérité, même enjolivée[1]*,*
apporte parfois des solutions inattendues…

Adèle est toujours dans son fauteuil, le visage marqué par les larmes. Elle a avoué son secret. Sa culpabilité. Même si elle a quelque peu déguisé leur enfance et leur relation, elle a finalement craché le morceau. Si elle n'avait pas tiré cette balle fatale, sa sœur ne serait pas plongée dans cet état léthargique[2] proche de celui d'un mort vivant, pour ne pas dire d'un légume. Adèle cesse peu à peu de pleurer. Patmosis a écouté avec beaucoup d'attention. Il a l'air aussi ému qu'une momie peut l'être.

–… Elle est née quelques minutes après moi, dit Adèle en laissant à nouveau couler une larme… Mais elle est partie bien avant moi, et c'est la seule course que j'aurais eu plaisir à perdre…

Patmosis hoche lentement la tête.

– C'est effectivement un accident regrettable, dit-il d'une voix concernée, et croyez bien que je suis désolé de ne pas pouvoir vous aider davantage. Le travail du professeur a été remarquable et sa puissance mentale a dû réveiller tous les morts sur deux kilomètres à la ronde, mais il a malheureusement réveillé la mauvaise personne.

Une petite lueur apparaît dans les yeux d'Adèle, encore humides de larmes. Une étincelle…

– Sur 2 kilomètres, dites-vous ?

– Euh… Oui, probablement. Ce genre de rayonnement résonne comme les ondes de la pierre que l'on jette à la surface de l'eau.

---

1. Transformée et embellie.
2. État d'inertie totale.

– Et Ramsès II ne se promenait jamais sans ses docteurs, c'est bien ça ? demande Adèle dont les yeux s'éclairent de plus en plus.

– Oh oui ! sourit la momie. Même pendant les accouplements, ils ne quittaient pas la pièce !

Notre héroïne se lève d'un seul coup, se rue dans sa salle de bains et attrape une pile de journaux qui a échappé à la tornade précédant la mort d'Espérandieu.

Elle revient avec et parcourt les exemplaires à toute allure. Elle trouve le journal qu'elle cherchait, l'ouvre et le feuillette. Il s'agit d'un article sur Espérandieu. À côté, en plus petit, un autre article :

EXPOSITION AU LOUVRE :

RAMSES II ET SES MOMIES

– Patmosis, vous êtes un génie ! s'écrie-t-elle.

La momie est flattée, mais ne comprend pas bien cet enthousiasme soudain.

33

Ou l'éternel retour…

Le destin joue parfois des tours pendables. Prenez ce pauvre Ferdinand Choupard, traumatisé au début de cette histoire, parce qu'il avait été témoin d'une éruption lumineuse autour de la statue de Jeanne d'Arc. Remarquez bien, ce gros bourgeois éméché n'avait sans doute pas à se soulager discrètement d'une terrible envie d'uriner en arrosant le piédestal de la sainte en armure. Dans son ébriété, il a probablement pris cela pour une vengeance divine, puisque quelques minutes plus tard, il était le témoin horrifié de la première attaque du ptérodactyle sur la voiture qui emporta un ancien préfet, sa danseuse de french cancan et un malheureux chauffeur dans la Seine, et dans la mort également. Témoignage qui valut également à ce pauvre Choupard une nuit d'interrogatoire assez musclé au poste de police. Mais, las, Choupard avait ensuite pu se vanter d'avoir été le tout premier Parisien à avoir vu le « monstre » qui devait défrayer la chronique pendant les semaines suivantes…

Et ce soir, alors que le froid et la nuit sont tombés sur Paris, que les rues sont déjà désertes, Ferdinand Choupard, comme à son habitude, essaye de rentrer chez lui d'un pas titubant, après une partie de cartes bien arrosée.

Le principal problème qu'il a, Choupard, c'est celui du plus court chemin pour rentrer chez lui. Et ce plus court chemin l'amène immanquablement devant la statue de Jeanne d'Arc. Or, depuis sa triste expérience – qui a tout de même fait de lui une sorte de vedette dans son petit cercle d'amis, joueurs de whist et amateurs de bonne chère, de vins fins et d'alcools forts – il a comme un tremblement dans les genoux à chaque fois qu'il approche de ladite statue. Il marche avec précaution, c'est-à-dire deux fois moins vite qu'avant. Avant qu'il ne se retrouve face à ces événements qui ont bouleversé son existence. Même la chaleur dispensée par le whisky, qui lutte vaillamment contre le froid dans ses veines légèrement encombrées de nourriture trop riche, ne parvient pas tout à fait à effacer le pincement au cœur de Ferdinand Choupard quand il se retrouve face à la statue de la sainte.

Mais cette fois-ci, pas de lumières aveuglantes qui tourbillonnent dans l'air autour de Jeanne, ni même de monstre volant. Ferdinand Choupard pousse un grand soupir de soulagement. Même s'il a, une fois de plus, une envie très pressante, il décide de se retenir. Faut pas tenter le diable, quand même !

C'est d'un pas nettement plus assuré qu'il tourne au coin de la rue, et se retrouve nez à nez avec Patmosis.

La momie a enfilé un costume trois pièce que lui a prêté Adèle. Il est un peu court, mais seyant. Le savant égyptien soulève son chapeau melon – autre prêt d'Adèle – et salue fort poliment Ferdinand Choupard, seul badaud dehors à cette heure.

– Excusez-moi, dit Patmosis. Je cherche l'exposition sur Ramsès II...

– Oui, c'est ici, répond Choupard en levant automatiquement le bras pour désigner le Louvre du doigt.

Et, alors qu'il sourit poliment, réalisant soudain qu'il parle à quelqu'un dont le visage est à moitié couvert de bandelettes qui révèlent des yeux caves[1], ou plutôt des orbites vides, quelqu'un qui a la peau desséchée comme celle d'une momie, précisément, et des dents grisâtres tant leur ivoire est vieux... et qui lui sourit en soulevant un chapeau melon comme si de rien n'était... C'en est trop ! Ferdinand Choupard tombe dans les pommes.

---

1. Creux, enfoncés.

Patmosis ricane, tout fier de lui, contemplant le gros bonhomme étalé sur le trottoir comme un petit cachalot échoué. Adèle apparaît à l'angle derrière l'Égyptien millénaire, poussant le fauteuil de sa sœur, qu'ils ont eu un certain mal à descendre dans l'escalier sans réveiller personne. Et surtout pas Miranda, la grosse concierge. Car si cette brave Ibère[1] est assez sympathique, Adèle doutait qu'elle puisse supporter la vue d'une momie vivante, même en costume trois pièces.

– Patmosis, dit Adèle, arrêtez d'importuner les gens comme ça ! on va finir par se faire remarquer !

– Désolé, je n'y résiste pas ! Avouez que la situation est cocasse[2] ! Et puis, après cinq mille ans passés dans un caveau, je peux bien m'amuser cinq minutes, non ?

Adèle se penche sur le sieur[3] Choupard. Il respire. Soulagée, notre héroïne regarde la rue de Rivoli déserte. Heureusement qu'à cette heure tardive ils ne risquent pas de croiser grand monde. Puis elle traverse la rue, poussant le fauteuil d'Agathe.

– Réglons d'abord les problèmes ! dit-elle à Patmosis. Après vous pourrez mourir… de rire, si ça vous chante.

1. Qui vient de la péninsule ibérique : de l'Espagne ou du Portugal.
2. Risible.
3. Monsieur.

34

Une entrée remarquable, et remarquée...

À la pâle lueur des réverbères qui l'encadrent, la porte du musée du Louvre est bien évidemment fermée. Adèle guette d'éventuels badauds, ou l'apparition redoutée d'une patrouille de sergents de ville à bicyclette. Mais il n'y a même pas un fiacre sur toute la longueur de la rue de Rivoli.

Patmosis examine la serrure de l'imposante porte.

– Vous pensez que vous pouvez l'ouvrir ? demande Adèle.

– Je ne suis pas plus serrurier que docteur, répond Patmosis.

Adèle commence à s'énerver un peu.

– Bon, ce serait bien que vous serviez quand même à quelque chose dans cette histoire, parce que sinon je vais vous envoyer voguer sur la Seine, ça vous changera du Nil, croyez-moi !!

– C'est bon, ne vous fâchez pas ! Un peu d'humour n'est-il pas censé adoucir les mœurs ?

– Mais c'est pas de l'humour, ça ! se fâche Adèle. C'est de la blague à deux roupies ! Alors ça marchait peut-être il y a cinq mille ans, pendant vos rigolades entre pharaons, mais on est au XXe siècle maintenant ! Alors réveillez-vous et ouvrez-moi cette porte avant que je réveille tout le quartier !

La momie encaisse cet accès de colère sans broncher. Elle regarde Adèle et il est vrai que, contrairement à beaucoup d'autres personnes, Adèle est jolie quand elle s'énerve. Son air furieux lui donne une espèce d'énergie supplémentaire et fait briller ses yeux. Elle tape de petits coups du bout de son pied gauche sur le trottoir en fusillant Patmosis du regard.

– À vos ordres, maîtresse !

La porte s'ouvre sans même que Patmosis l'ait touchée. La lourde masse de bois grince un peu dans l'obscurité.

– C'est mieux, fait Adèle, en se calmant.

Puis elle pousse le fauteuil d'Agathe et entre dans le Louvre.

Patmosis referme la porte, sans la toucher non plus.

Une fois dans le hall d'entrée, Patmosis regarde les différents panneaux. L'un d'eux désigne l'exposition Ramsès II et la direction à emprunter.

– Par ici, maîtresse, dit-il.

– Bon, ça va ! dit Adèle à voix basse. N'en rajoutez pas non plus !

Patmosis se tourne vers Adèle, souriant de « toutes » ses dents.

– Vous êtes tendue comme un arc ! décontractez-vous ! Quand tout ça sera fini, je vous ferai un bon petit massage !

– Vous êtes chiropracteur[1] maintenant ?

– Non, mais j'ai étudié les molécules et je sais maîtriser les énergies qu'elles dégagent.

– Oui, eh bien pour l'instant contentez-vous d'ouvrir les portes !

Tout à leur discussion, Adèle et Patmosis ne se sont pas rendu compte que l'écho de leurs voix entre ces murs de pierre vides a réveillé un gardien assoupi sur une chaise dans un coin derrière eux. Le bonhomme ouvre un œil et aperçoit les trois étranges silhouettes à une dizaine de mètres de lui. Il se frotte d'abord les yeux, puis se rendant compte qu'il ne rêve pas, il se met à crier :

– Hé ! Vous ! Arrêtez !

Il sort son sifflet et donne l'alerte.

---

1. Masseur, kinésithérapeute.

Adèle accélère le pas et change de direction, poussant le fauteuil d'Agathe dans un autre large couloir. Mais trois autres gardiens arrivent en courant. Leurs godillots[1] claquent et résonnent sur les dalles.

Le premier gardien les rejoint et ils s'avancent tous vers ces intrus inadmissibles venus troubler le silence du musée, et leur veille, ou leur sommeil.

Patmosis se retourne et lève la main vers eux. Les gardiens ont juste le temps d'apercevoir cette improbable momie en costume trois pièces. Ils écarquillent les yeux et les referment avant de s'écrouler les uns sur les autres comme de vulgaires sacs à patates.

Heureusement surprise, Adèle le félicite.

– Eh bien ! Vous n'avez aucun talent pour réveiller les gens, mais par contre pour les endormir vous êtes champion !

Puis Adèle reprend sa marche vers l'exposition consacrée à Ramsès II.

– Merci Maîtresse, dit Patmosis… en lui emboîtant le pas.

1. Voir note 1 page 75.

35

Où Adèle mesure la toute-puissance des anciens Égyptiens…

Plus elle avance dans le large couloir de pierre de l'ancien palais du Louvre, plus Adèle sent monter la tension. Est-ce dû au silence pesant seulement troublé par le bruit feutré des pas de Patmosis, le très léger grincement d'une des roues du fauteuil d'Agathe et le fait qu'elle-même marche presque sur la pointe des pieds ? Pourquoi ? Tous les gardiens sont endormis ou assommés grâce aux étranges pouvoirs de Patmosis. Elle n'a plus rien à craindre. Elle approche du moment où elle va peut-être enfin trouver la médecine capable de sauver sa sœur de l'espèce de malédiction qu'elle lui a elle-même infligée… Peut-être est-ce cela qu'elle craint, justement ? se demande notre héroïne. Le retour de bâton, de raquette plutôt, quand sa sœur reviendra à la vie.

Elle risque de lui en vouloir à mort pour ces quelques années passées en léthargie totale… Et elle aura raison, se morigène[1] Adèle, envahie par la culpabilité.

Mais ses divagations ont également une autre source. L'atmosphère qui règne dans la salle du Louvre, assez peu éclairée, vers laquelle ils avancent. Même s'il n'y a pas de poussière de sable sur les dalles, même si certains de ses murs datent de Philippe Auguste et ont vu passer tous les rois de France, jusqu'à ce que Louis XIII et XIV lui donnent son aspect final, ce qu'elle aperçoit dans l'espace qui s'ouvre maintenant devant elle ressemble terriblement à une salle funéraire égyptienne. Le

1. Se réprimande.

tombeau où elle a failli laisser sa jolie peau à cause de l'infâme Dieuleveut, c'était de la petite bière à côté de ÇA ! Et les souvenirs du sort subi par les malfrats qui l'accompagnaient, de l'incendie où Dieuleveut a péri et de sa fuite effrénée à travers les cavernes lui reviennent, comme un tourbillon. Mais ici, rien ne bouge.

Adèle sent un frisson la parcourir. Dans la pénombre troublée par quelques maigres veilleuses orangées alignées de loin en loin, des sarcophages sont debout de chaque côté de la salle, qui est en fait un large et vaste hall dont le fond se perd un peu dans l'obscurité. Le silence est total, épais comme l'ombre qui plane au plafond, trop haut pour les veilleuses.

Elle se tourne et regarde Patmosis, se demandant s'il est aussi impressionné qu'elle de voir ainsi cinq mille ans de « son » histoire étalée comme ça dans ce palais royal d'un lointain pays d'Europe.

– Oh là là ! fait Patmosis, d'un ton qui dédramatise complètement cet instant quasi religieux. Mais dans quel ordre ils ont mis tout ça ? ! C'est n'importe quoi !! Si Ramsès voyait ça !

Adèle a un instant de vive surprise, mais elle s'adapte bien vite. C'est aussi l'un des traits principaux de son caractère si particulier.

– Eh bien, justement, dit-elle, réveillez-le ! On a besoin de lui pour faire le ménage !

– Non, non, réplique Patmosis, les fidèles d'abord. Ils doivent être autour du pharaon au moment de son réveil.

Patmosis ne semble même pas étonné par l'ironie derrière laquelle Adèle cache, et son émotion et une certaine crainte compréhensible. Elle poursuit sur le même ton, fervente adepte du dicton qui veut que l'humour soit la dernière défense.

– Je comprends, le pauvre chou ! dit-elle. Il risquerait d'être dépaysé !

– Dépaysé, passe encore… « énervé » serait plus embêtant. Alors, respectons le protocole[1].

– Va pour le protocole, admet Adèle.

Elle regarde la pauvre Agathe dans son fauteuil, et lui chuchote à l'oreille : « Ne crains rien, je ne vais pas te laisser longtemps… »

Et, abandonnant là le fauteuil roulant et Agathe, elle suit Patmosis qui s'avance vers le premier sarcophage. Il l'effleure de la main et fait ainsi sauter les fermetures. Une première momie apparaît, affreuse… Puis, une deuxième, puis une troisième et ainsi de suite. Adèle frémit car les momies ont perdu pas mal de leurs bandelettes, rongées par les siècles, et ont un aspect à la fois effrayant et peu ragoûtant. Notre héroïne ravale la boule qu'elle a dans la gorge puis s'adresse à la première momie qui reprend vie.

– Hum… Excusez-moi de vous déranger ! Vous êtes médecin ?

La momie secoue négativement la tête.

– Bonjour, bonjour, dit Adèle à la deuxième momie. Je cherche un docteur !

La réponse est encore négative.

– Bienvenue, fait Adèle à la troisième, vous êtes chirurgien ?

La momie hausse les épaules.

Adèle soupire et arrête ses investigations, tandis que Patmosis réveille le reste de sa « famille », passant d'un côté à l'autre du large hall qui se retrouve bientôt envahi d'une vingtaine de momies, dans un fin nuage de poussière millénaire, dont les infimes grains luisent et papillonnent dans les auras[2] orangées des veilleuses du musée.

Les momies palabrent[3] en murmurant dans une langue perdue, se

1. Règlement.
2. Halos de lumière.
3. Discutent.

demandant un peu où elles sont, mais dès qu'elles aperçoivent la tombe de Ramsès II, au bout de la pièce, elles se dirigent vers lui.

Reprenant les poignées du fauteuil d'Agathe, Adèle suit cette procession de cadavres vivants qui avancent lentement, en se disant qu'elle ne rêve pas, que cette vision effrayante est bien réelle et que si Patmosis n'était pas là, elle aurait sans doute une attaque cardiaque. Et pourtant, elle n'a pas peur de grand-chose. Mais là, elle sent son cœur battre comme si cinq mille ans d'histoire, de savoir et d'une terrifiante puissance oubliée appuyaient sur sa cage thoracique pour l'étouffer.

Adèle avance ainsi jusqu'au tombeau, tandis que toutes les momies se placent autour.

Patmosis soulève le premier couvercle en pierre. Adèle sent toutes les momies frémir autour d'elle. Ces morts vivants, ressuscités par l'énergie d'Espérandieu ! Tout de même, quel dommage que le vieux savant ne soit plus de ce monde pour voir son œuvre !

Patmosis soulève le deuxième couvercle, en or celui-là, puis le troisième…

– Y'en a combien comme ça ? demande Adèle, étonnée elle-même du son de sa voix rompant le silence religieux qui s'est abattu dans cette salle qui ressemble de plus en plus à une crypte[1] funéraire où les morts se remettraient à vivre…

Une momie se penche alors vers Adèle pour lui répondre :

– Cinq ! Cinq sarcophages pour le protéger des cinq univers qui nous entourent.

– Ah ? fait Adèle, avec un petit air narquois qu'elle adopte pour ne pas devenir folle. Comme les oignons ?

– Si vous voulez, lui répond la momie.

Et la momie lui sourit. Et c'est encore plus affreux à voir. De sa

1. Caveau, grotte.

bouche quelque peu édentée jaillit un minuscule nuage de poussière. Mais Adèle ne bronche pas. Elle sent sa peur refluer devant une scène si proche de l'impossible… car Patmosis vient d'enlever le couvercle et la momie du grand pharaon se redresse et s'étire en bâillant, comme n'importe quel être humain sortant d'un long sommeil.

– Ahhh ! fait Ramsès II… j'ai bien dormi !

Puis les yeux du grand roi, fils du Dieu soleil, tombent sur Patmosis, penché sur son tombeau.

– Patmosis, dit le pharaon, quel est cet accoutrement ridicule ?

– Une simple tenue locale, Majesté, répond le physicien pour excuser son costume trois pièces. Permettez-moi de vous présenter Mademoiselle Adèle Blanc-Sec, scribe de son état…

Retrouvant peu à peu toute son assurance, même face à l'héritier et le géniteur également d'une dynastie de plusieurs milliers d'années, Adèle lève la main comme on le ferait envers un autochtone[1] en débarquant sur une terre inconnue.

– Salut, dit-elle.

Ramsès II, un peu vexé, regarde Patmosis.

– Ces indigènes emploient des femmes pour écrire leurs textes ?

– Oui, répond le physicien égyptien momifié, c'est une civilisation balbutiante, encore un peu rude, mais cette jeune étrangère est fort sympathique, c'est elle qui a eu la bonne idée de nous réveiller, Votre Altesse.

– Bonne idée, bonne idée… fait le pharaon d'un air sceptique[2]. J'ai pourtant bien le sentiment de m'être réveillé un peu tôt ! Sémotep, lance-t-il en direction du groupe de momies qui l'entourent.

La momie nommée Sémotep s'avance avec respect.

1. Habitant originaire du pays.
2. Perplexe.

– Effectivement, votre Altesse, votre cycle a été interrompu. Votre réveil, programmé selon vos désirs, n'aurait dû intervenir que dans cent trente-cinq ans, quatre mois, deux jours et dix-sept heures.

– Ah tu vois ! proteste le pharaon en se tournant vers Patmosis.

Adèle s'éclaircit la voix et s'avance.

– Désolée de vous avoir réveillé, Votre… Altesse, mais je n'avais pas le choix… C'est une question de vie ou de mort !

– Oh, vous savez, dit le pharaon avec un petit soupir de lassitude, la vie, la mort… ça va, ça vient…

– Eh bien, réplique Adèle, dans le cas de ma sœur ici présente… j'aimerais bien que ça vienne !

– Oui, en fait, précise Patmosis, Mademoiselle Adèle m'a réveillé, pensant que j'étais docteur !

– Toi, docteur ? ricane Ramsès II. Je ne te confierais même pas mes ongles !

– Merci, Maître, répond Patmosis avec une petite courbette respectueuse. Quoi qu'il en soit, elle cherche un docteur pour soigner sa sœur, et nous avons pensé que, peut-être, dans votre grande bonté, vous accepteriez que votre médecin personnel puisse jeter un œil sur cette pauvre enfant.

– Et vous m'avez réveillé pour si peu ? gronde le pharaon, dont la colère monte et pourrait s'avérer terrible.

– Dis-donc, Ramsès de mes deux ! s'insurge Adèle en s'énervant soudain. Vous commencez à me courir, toi et ta bande ! (Terme très approprié, vu quc tous ccux qui l'entourent sont couverts de bandelettes, en plus ou moins bon état, d'ailleurs.)

Ramsès II a un mouvement de recul. Personne n'a jamais osé lui parler ainsi.

– Ça fait cinq mille ans que tu ronfles et que tout le monde te chouchoute ! poursuit Adèle. Mais moi, ça fait cinq ans que je pleure, cinq années de souffrance à regarder ma sœur qui ne me regarde plus ! Et moi, je ne suis qu'une pauvre petite terrienne qui n'a pas la chance d'être protégée des Dieux. Moi, je vis avec la douleur au quotidien et avec la culpabilité qui jamais ne s'efface…

Adèle s'arrête. Elle a les larmes aux yeux et une boule dans la gorge.

– Parce que tout ça est de ma faute, ajoute-t-elle en pleurant. Parce que c'était mon chapeau…

Et elle éclate en sanglots et se cache le visage dans ses mains.

Ramsès II semble préoccupé par cet élan d'émotion. Il se tourne vers Patmosis.

– C'est quoi cette histoire de chapeau ? chuchote le pharaon.

– C'est rien, répond son physicien nucléaire, je vous raconterai plus tard.

Tandis qu'Adèle pleure toujours doucement, Ramsès se tourne vers une autre momie.

– Séphilomitès, mon fidèle conseiller…

Vu l'état de dégradation assez affreux de la momie en question, Ramsès hésite.

–… C'est bien toi ?

– Oui, Seigneur.

– Ah, fait Ramsès soulagé. Dis-moi, que me conseilles-tu ?

– La grandeur d'un pharaon se mesure à la finesse de ses actes, répond Séphilomitès.

– Mmouais, marmonne Ramsès II, toujours aussi diplomate…

– C'est mon métier, Seigneur.

– Nosibis, mon fidèle docteur ! appelle Ramsès.

Une momie un peu moins délabrée que les autres s'avance d'un pas.

– Vois si tu peux redonner un peu de vie à cette jeune fille, qu'elle profite un peu de tout cet amour qu'on lui porte.

Adèle sèche ses larmes et affiche un sourire timide, ce qui est étonnant pour elle.

– Merci, dit-elle.

Patmosis lui fait discrètement signe d'en rajouter un peu.

–... Votre Altesse, rajoute Adèle.

Patmosis en veut plus.

–... Sérénissime ? dit Adèle.

Patmosis lève ses deux pouces en signe de victoire.

Deux momies de la suite de Ramsès II soulèvent délicatement Agathe et la portent vers une table de marbre sur laquelle elles l'allongent doucement. Nosibis, le médecin, s'approche et observe sa patiente qui a toujours les yeux ouverts.

Adèle s'approche de lui.

– Les docteurs d'ici, dit-elle, m'ont expliqué que si on enlevait l'aiguille, elle risquait de mourir définitivement.

Nosibis acquiesce d'un signe de tête, puis il tend la main et arrache d'un seul coup l'aiguille de la tête d'Agathe, qui meurt instantanément. Sa tête tombe sur le côté et ses yeux se ferment tout seuls. Agathe est morte.

Adèle est pétrifiée. Elle a l'impression que les dalles du sol vont s'ouvrir sous ses pieds. Ce médecin momifié vient de tuer sa sœur sous ses propres yeux !! Après tout ce qu'elle a vécu pour la sauver ! Elle s'apprête à se jeter sur Nosibis, mais Patmosis la retient. Adèle hurle et sa voix résonne dans la salle.

– Mais vous êtes complètement malade ! ? Je ne vous ai pas demandé de la tuer, mais de la ramener à la vie !!! Espèce de sac en toile !

– Calmez-vous, Adèle, dit Patmosis, la maîtrisant avec facilité en la tenant par les bras. Laissez-le faire ! ajoute le savant égyptien d'une voix douce.

Comme anesthésiée par le pouvoir de Patmosis, Adèle se calme un peu. Le docteur Nosibis se penche sur Agathe et observe le trou derrière sa tête. Il glisse ensuite son doigt dedans.

Adèle grimace.

Une autre momie s'approche avec une très ancienne jarre scellée. Nosibis fait sauter le couvercle. La jarre est pleine de morceaux séchés impossibles à identifier.

Nosibis fouille dans la jarre, cherchant un morceau qui lui conviendrait.

– Qu'est-ce que c'est ? demande Adèle, effondrée.

– Les viscères du pharaon, répond Patmosis.

–... charmant, dit Adèle avec une grimace dégoûtée.

Le médecin trouve un beau morceau qui apparemment lui convient. Il le broie au-dessus d'une coupelle qu'une autre momie a posée sur le ventre d'Agathe.

Vu la couleur brunâtre de la poudre obtenue, Adèle se dit que c'est probablement un morceau de foie, ce qui n'atténue pas son dégoût, bien au contraire.

Nosibis achève de remplir la coupelle de cette poussière d'entrailles millénaire. Puis il prend une petite fiole qu'une autre momie lui tend et verse quelques gouttes huileuses sur la poudre. Il mélange le tout, puis il prend cette mixture et la verse délicatement dans la blessure béante d'Agathe.

Une momie « infirmière » met aussitôt un bandage sur le front d'Agathe et commence à lui entourer la tête. Ce bandage provient d'une autre momie, qui tourne sur elle-même pour donner du mou.

Adèle est fascinée et perplexe à la fois.

Le bandage est fini. Ramsès II, sorti de son sarcophage, s'approche d'Agathe, se penche et embrasse solennellement, sur la bouche, cette magnifique princesse endormie sur sa table de marbre. Le pharaon se redresse, satisfait, puis se tourne vers sa suite.

– Bon, dit-il, profitons-en pour visiter.

– Euh, c'était obligatoire ce baiser, là ? demande Adèle, inquiète.

– Non, pas vraiment, répond Patmosis. Une tradition, plutôt, qu'il vaut mieux faire avant son réveil car après, je ne suis pas sûr qu'elle accepte.

Tandis que quelques momies quittent la salle, suivant leur pharaon en cortège, Adèle s'avance vers sa sœur. Elle la regarde intensément. Est-ce possible que cette médecine vieille de cinq mille ans la ramène à la vie ?

Et tout à coup, Agathe ouvre les yeux et se redresse en respirant un grand coup, comme si elle avait été privée d'air pendant des années.

Adèle regarde sa sœur, ébahie. Agathe met un temps à réagir.

– Mais ça va pas de frapper dans la balle comme ça ?! crie Agathe, énervée. Je suis ta sœur, tout de même !

Adèle éclate de rire et fond en larmes en même temps.

– Oui, t'es ma sœur, dit-elle, et je t'aime plus que tout au monde !

Adèle se jette au cou d'Agathe qui semble surprise d'un tel élan d'affection. D'un seul coup, elle réalise qu'elle est dans une espèce de salle obscure pleine de sarcophages ouverts et entourée de momies qui la regardent. Elle grimace, effrayée, serrant le bras d'Adèle d'une main tremblante.

– Adèle, dit-elle à voix basse, ne bouge surtout pas ! Je ne sais pas si je suis en plein cauchemar ou quoi, mais… il y a un tas de momies autour de nous.

– C'est un cauchemar, dit Adèle en souriant. Ferme les yeux et elles vont disparaître.

Agathe obtempère[1], fermant fort les yeux et serrant Adèle dans ses bras. Adèle fait discrètement signe à Patmosis de partir.

– Ça a été vraiment un privilège de vous rencontrer, Mademoiselle Adèle, dit-il.

– Moi aussi, Patmosis. Excuse-moi auprès de ton pharaon d'avoir été si impolie et remercie-le pour moi.

– Ce sera fait, Maîtresse, répond Patmosis avec un grand sourire.

Agathe a toujours les yeux fermés, serrant sa sœur à l'étouffer.

– Adèle ? À qui tu parles, là ?

– À personne, chérie, ne bouge pas, répond Adèle, tout va bien se passer maintenant, je te le promets.

Et Adèle berce doucement sa sœur, tandis que Patmosis et les dernières momies du pharaon emboîtent le pas à Ramsès II qui s'éloigne dans les méandres du palais du Louvre sans produire le moindre bruit, et laissant derrière eux un fin nuage de poussière millénaire.

1. Obéis, exécute.

36

Où deux univers se croisent…

Sur le pavé humide et froid de cette nuit de Paris, le pauvre Ferdinand Choupard sort lentement du semi-coma dans lequel la vision horrible de cette espèce de momie en costume trois pièces l'a plongé.

Il frissonne, ouvre les yeux et regarde autour de lui. C'est toujours bizarre de se réveiller le visage tourné vers la rue qui s'étale en perspective. Il ne comprend d'abord pas bien où il est, puis la mémoire lui revient et un cri s'étrangle dans sa gorge. Il referme les yeux. Il se morigène[1] intérieurement. Il a un peu abusé ce soir. Trop mangé et trop bu, surtout. Il va falloir qu'il consulte un médecin. Il a des hallucinations.

Choupard parvient peu à peu à se convaincre qu'il a rêvé, il rouvre les yeux et se relève péniblement. Une fois debout, il effectue, très lentement, un tour sur lui-même, ce qui lui fait mal à la tête, car elle tourne encore un peu aussi, et pas dans le même sens. Il constate avec bonheur qu'il est seul. Il se souvient maintenant, de l'horrible rictus[2] de ce type à moitié couvert de bandages, qui lui a demandé le chemin du Louvre…

À moitié persuadé qu'il a eu des hallucinations, surtout sur cette place devant la statue de Jeanne d'Arc de sinistre mémoire, il décide de quitter les lieux au plus vite et s'élance, en essayant de courir du mieux qu'il peut, en direction de la Seine.

Pour rejoindre le fleuve afin d'emprunter un pont, il est obligé de traverser le parvis du Louvre. Il s'y engage, alors qu'une dizaine de momies sont en train de le quitter.

---

1. Voir note 1 page 182.
2. Grimace.

Après une seconde d'incrédulité totale, Choupard s'arrête net, tétanisé par cette vision. Il fait lentement demi-tour sur lui-même et tombe nez à nez avec Patmosis, Ramsès II et quelques collègues. Patmosis soulève son chapeau melon.

– Pardonnez-moi, Monsieur de vous importuner de nouveau, dit Patmosis.

– Fai… fai… Faites, bégaye Choupard, la mâchoire tombante et les yeux écarquillés.

– Auriez-vous l'amabilité de nous indiquer le Nil ?

– Mais bien sûr, fait Choupard, avec un sourire niais…

… Et il retombe dans les pommes.

– Ils sont tout de même bien curieux tous ces gens, dit Ramsès II. Et ils manquent cruellement d'éducation !

– Je vous l'accorde, Altesse !

– Par contre, ils ont un sens artistique fort développé ! Cette place, par exemple, est magnifique !

Le pharaon fait un grand geste de la main, englobant la cour du Louvre et la perspective qui passe sous le carrousel pour aller jusqu'à l'Arc de Triomphe. Le palais des rois de France luit sous la lune.

– Magnifique, en effet, dit Patmosis.

– Nous devrions y mettre une pyramide ! dit Ramsès II. Je suis sûr que ça aurait beaucoup d'allure.

– En attendant, Seigneur, nous devrions rejoindre les nôtres, dit le physicien.

– Tu as raison, Patmosis. En route.

Les momies passent sous l'arche du Carrousel qui ouvre sur les jardins des Tuileries.

Leurs silhouettes disparaissent sous la lune. Et nul ne saura jamais ce que Ramsès II a bien pu dire en voyant, un peu plus loin, l'obélisque ramenée par Napoléon et plantée au beau milieu de la place de la Concorde…

37

Où la vie reprend un cours normal…
ou presque…

9 heures. Le jour s'est levé depuis un moment, et un vendeur de journaux hurle le gros titre de son canard sur le trottoir de la rue du Faubourg-Saint-Honoré, en face de l'Élysée.

– La malédiction des pharaons s'abat sur Paris ! Les momies ont disparu du Louvre !

Dans son imposant bureau, le président Fallières baisse son journal. Il regarde son secrétaire en soupirant.

– Pffft… C'est quoi encore cette histoire de momies ! ?

Son secrétaire lève les épaules pour montrer son impuissance.

– On cherche encore à nous déstabiliser ! Louis, appelez-moi l'Intérieur !

Midi. Une magnifique côte de bœuf atterrit dans une poêle brûlante. L'inspecteur Caponi la regarde, la savourant déjà. À l'aide d'une spatule, il lui fait faire un aller-retour, moud un peu de poivre dessus et la voilà presque prête.

Caponi songe au dénouement inattendu de cette incroyable enquête. La mort du ptérodactyle. Le professeur Ménard complètement cinglé et enfermé à Sainte-Anne. Le vaillant chasseur Saint-Hubert transporté d'urgence aux soins intensifs du Val-de-Grâce… Quelle journée ! Quelle nuit !

Finalement, il en est sûr, Caponi va l'obtenir, son poste de commissaire ! Et peut-être même plus, qui sait ? Il en danserait presque tout seul dans sa petite cuisine. Il glisse la spatule sous l'imposante côte de bœuf saignant encore et grillée à point, et la pose dans une belle assiette.

Quittant sa petite cuisine, il emporte l'assiette qu'il pose sur la table de son modeste salon-salle à manger où le couvert est dressé, avec une bonne bouteille de bordeaux qui l'attend. Il met sa serviette autour de son cou. Il a le sourire d'un enfant qui va se goinfrer un sac de bonbons entier.

– Mon cher Caponi, dit-il à voix haute pour lui-même avec un air réjoui qui fait plaisir à voir, je vous souhaite *enfin* un bon appétit !

Caponi prend son couteau, affilé comme un rasoir, puis il plante sa fourchette dans la côte de bœuf qui saigne, un peu comme un bœuf d'ailleurs. Il pose la lame du couteau non loin de la fourchette et il tranche un morceau qu'il lève jusqu'à sa bouche. Il ferme les yeux de bonheur, puis les rouvre en même temps que sa bouche, prêt à mordre dans ce délice… quand son téléphone se met à sonner, le faisant sursauter ! Il en reste la fourchette en l'air.

Il râle, grommelant des choses incompréhensibles sur un ton énervé. Une nouvelle sonnerie. Excédé, il pose sa fourchette dans son assiette, se lève et se rend auprès de son téléphone, cet engin de malheur. Puis il se dit que c'est peut-être un appel de ses supérieurs pour lui annoncer sa promotion, voire de plus haut, là où il espère un jour grimper. Ragaillardi, il décroche le combiné…

Il ne sait pas encore ce qui va lui tomber sur la tête, et là, il n'y aura pas Adèle Blanc-Sec pour régler les problèmes à sa place… Surtout que là, pour retrouver ces momies, il risque d'avoir du boulot…

D'ailleurs, soit dit en passant, le mystère de la disparition des momies exposées au Louvre en 1912 n'a pas encore été résolu.

15 heures. Caponi, après avoir compris qu'il jouait sa carrière en essuyant les aboiements de son supérieur direct, le commissaire Cheval, a oublié sa côte de bœuf pour retourner au turbin[1]. Le jeune Andrej Zborowsky, qui a emprunté à un ami un costume trois pièces très « chic » comme l'on dit, est sur le palier d'Adèle Blanc-Sec, au 28 rue Dufour.

Il a essuyé les regards soupçonneux d'une grosse concierge à l'air pas commode et il a escaladé les étages avec l'énergie des amoureux.

Il tient un joli bouquet de fleurs à la main. Après tout ce qu'ils ont vécu, Adèle et lui, tout ce qui s'est passé, ces heures folles et inoubliables qui viennent à peine de s'achever, il s'est dit que le moment était bien choisi pour venir lui déclarer la flamme intense qui le consume, et qu'il lui avait exprimé dans les dizaines de lettres qu'il lui avait envoyées. Évidemment, il a bien l'impression qu'elle n'a lu que la dernière, mais grâce à celle-là, justement, il a eu une sorte d'avant-goût de ce qu'une relation amoureuse avec Adèle Blanc-Sec pourrait bien être… Sur son tapis, qui s'en souvient encore.

Et ensuite, ils ont passé des heures inoubliables et terribles. Ce crétin de Saint-Hubert a tué un animal d'une valeur scientifique inestimable, et son patron, l'immense professeur Ménard est devenu complètement fou, traumatisé par la mort du ptérodactyle. La police l'a arrêté alors qu'il voulait abattre le célèbre chasseur mandaté par le gouvernement pour abattre le ptérodactyle. Ledit chasseur a fini sa carrière

1. Travail (familier).

dans la grande cage paysagère des gorilles et a été probablement transporté à l'hôpital dans un état très grave. Mais Adèle est partie avec Espérandieu, dans l'espoir de réaliser une espèce de mission dont elle se sentait investie. Et depuis, plus de nouvelles.

Les journaux n'ont pas encore parlé de la fin du ptérodactyle. Ils ne parlent que de la disparition des momies du Louvre ! Andrej l'a enterré là où la pauvre bête avait son nid, et le pauvre petit Nelson a hurlé à la mort longtemps.

Mais Adèle, partie avec ce vieux fou d'Espérandieu, n'a pas réapparu. Andrej a attendu une heure assez tardive pour ne pas la déranger trop, imaginant que sa nuit avait dû être longue et difficile et qu'elle avait bien mérité une grasse matinée.

Il est là sur le palier. Il respire un grand coup et appuie enfin sur la sonnette.

Quelques secondes s'écoulent, puis il entend des pas qui viennent vers la porte. Il frémit. Va-t-il trouver les mots ? Ne va-t-elle pas…

Il n'a pas le temps de se poser plus de questions, car la porte s'ouvre sur une jeune femme qui ressemble un peu à Adèle. Andrej Zborowsky reste interdit devant cette inconnue.

C'est Agathe, visiblement en pleine forme.

Si le vert est la couleur d'Adèle, cette jeune femme qu'Andrej Zborowsky ne connaît pas semble préférer le bleu. Elle porte en effet exactement le même genre de vêtements qu'Adèle, mais en bleu. Ce n'est sans doute pas affaire de vert ou de bleu, mais en se retrouvant nez à nez avec cette inconnue qui ressemble très vaguement à celle qu'il croyait aimer éperdument, Andrej Zborowsky tombe instantanément amoureux. Pourquoi ? Comment ? Il l'ignore, mais il vient de comprendre le sens véritable et profond de l'expression « coup de foudre ». Et que cette sensation existe bien dans la réalité. Il est comme paralysé et il des fourmis partout, jusqu'au bout des doigts. Il sent son cœur battre et s'affoler dans sa poitrine. Il a la bouche sèche et il ne sait plus quoi dire ni quoi faire.

Remarquant le bouquet qu'il brandit tout droit comme un idiot, Agathe sourit.

– C'est pour qui ?

– C'était… pour mademoiselle… Adèle, bredouille le jeune paléontologue.

Agathe le regarde avec un air charmé. Sans doute le trouve-t-elle mignon. Et puis, s'il était venu voir Adèle et qu'elle n'est pas là, pourquoi ne pas saisir l'occasion de prendre sa revanche ?

– Elle est partie en vacances pour quelques semaines, dit-elle avec un sourire enjôleur[1]. Je veux bien les garder, mais elles seront fanées à son retour. Vous devriez les offrir à quelqu'un d'autre.

Sûre de son charme, elle sait pertinemment qu'il n'en fera rien. Elle a parfaitement raison, car le jeune Andrej hésite, un peu confus, puis tend le bras qui tient le bouquet.

– C'est pour moi ? dit Agathe, jouant à merveille la surprise. Oh, comme c'est gentil !… Comment vous appelez -vous ?

– Bozvo… Robovsk… Zbovori… bégaie le pauvre Andrej.

– Un prénom, peut-être ? demande Agathe en arborant son plus beau sourire.

– Andrej, répond le jeune scientifique. Avec un J, comme Jardin.

– Agathe, répond la sœur d'Adèle. Enchantée, Andrej avec un J comme Jardin…

Et Agathe éclate de rire.

---

1. Séducteur.

Andrej aussi, plus amoureux que jamais de sa courte vie…

Il a déjà oublié Adèle, semble-t-il.

Mais où est donc Adèle Blanc-Sec ?

38

Où se joue le futur de notre héroïne…

Dans le port de Cherbourg, trois marins et l'amour…

Non, il ne s'agit pas du tout des paroles d'un de ces spectacles musicaux qui enchantent une partie des boulevards, à Paris. Et surtout pas d'un french cancan comme celui qui avait précédé la mort de ce pauvre ex-préfet amoureux de Nini-les-Gambettes, également disparue au tout début de cette aventure, avec un chauffeur anonyme.

Souvenez-vous, pendant ces terribles événements, nous ignorions où était notre héroïne, alors qu'il s'agit ici de ses aventures. Et il nous avait fallu un certain temps pour retrouver sa trace en Égypte. Avec les conséquences que l'on sait…

Eh bien, ça recommence. Nous sommes donc à Cherbourg, grand port militaire et civil (mais plutôt militaire) de la République française et il est dix-sept heures cinquante, alors qu'à Paris, Andrej Zborowsky boit un thé avec Agathe Blanc-Sec, que le président Fallières se demande toujours où est son petit Nelson, et que le futur commissaire Caponi, lui, se demande comment il va bien pouvoir retrouver ces satanées momies disparues du Louvre… Même s'il est désormais commissaire, car la rumeur de la mort du ptérodactyle commence à se répandre dans la capitale.

Un magnifique paquebot est à quai. Ses sirènes mugissent, annonçant son départ imminent. L'équipage se prépare à larguer les amarres. On commence à remonter les dernières passerelles d'accès pour les troisièmes et deuxièmes classes.

Et voilà Adèle qui arrive, encombrée de valises. Elle a couru depuis la gare. Elle a pris le Paris-Cherbourg après avoir embrassé sa sœur et annoncé à son éditeur qu'elle partait au bord de la mer rédiger tranquillement son nouveau livre, loin de la frénésie parisienne, dans une charmante petite maison d'un petit port de pêche qui n'a pas le téléphone. Et donc, elle sera injoignable… Adèle aime bien embêter son éditeur.

Le concierge de la White Star Line lui fait signe de monter sur la passerelle des premières classes.

– Dépêchez-vous, Mademoiselle, nous allons bientôt partir, dit l'employé de la White Star Line.

– Oui, c'est bon ! J'arrive, on n'est pas aux pièces !

À quelque distance de là, sur le quai, derrière les pieds d'une énorme grue, un homme observe Adèle. Il est de dos et discute avec trois types aux têtes assez patibulaires, malgré leurs beaux costumes de voyage.

– C'est elle, là-bas, avec le chapeau, dit l'homme, avec une voix très enrouée, comme si on lui avait râpé le larynx.

– Vu, répond celui qui semble être le chef des trois voyageurs patibulaires.

– Vous savez ce qu'il vous reste à faire ? demande l'homme à la voix cassée.

Le meneur des malfrats fait oui de la tête et il se dirige, à la hâte, avec ses hommes vers la passerelle d'embarquement.

Des porteurs ont pris en main les valises d'Adèle. Ils avancent maintenant sur le pont supérieur. Soudain, une des malles d'Adèle, beaucoup trop remplie, explose et ses froufrous jonchent le parquet du pont.

– Ah ! Ça commence bien les vacances ! dit Adèle d'un ton énervé.

Elle se baisse pour ramasser ses affaires, et on aperçoit alors, derrière elle, une bouée accrochée au bastingage. Et sur le blanc de cette bouée, on peut lire le nom du magnifique navire sur lequel elle vient d'embarquer :

TITANIC

Sur le quai, le mystérieux bonhomme qui observait Adèle nous montre enfin son visage. Il s'agit du professeur Dieuleveut, le sinistre professeur. Son cou et son visage, déjà assez moches de naissance, portent d'horribles traces de brûlure.

– Bon voyage, Mademoiselle Adèle Blanc-Sec, ricane-t-il tandis qu'on largue les dernières énormes amarres du Titanic.

Et le fleuron de la White Star Line quitte lentement le quai dans un concert de sirènes de tous les navires du port.

Et c'est ainsi que le 10 avril 1912, notre chère Adèle embarqua dans le port de Cherbourg pour cette inoubliable traversée d'inauguration du premier paquebot géant et insubmersible, mettant un terme, et de fort belle manière, à ses extraordinaires aventures…

… Qui ne faisaient, en réalité, que commencer !

FIN

Après-texte

POUR COMPRENDRE

GROUPEMENT DE TEXTES

INFORMATION/DOCUMENTATION

Lire

1 Relevez les éléments du chapitre 1 qui inscrivent le texte dans un cadre réaliste (cf. *À savoir* ci-contre).

2 De nombreux détails précisent le déroulement de l'action, notamment aux chapitres 1 (l. 11-15, l. 29-30 et l. 82-87) et 2 (l. 33 et l. 42-49) : relevez-les. À quoi servent-ils, selon vous ?

3 Quel monument montre que l'Égypte aura une importance capitale dans l'histoire (p. 9-10, l. 15-22) ?

4 Une scène de cabaret à l'ambiance festive est décrite (p. 10-12, l. 31-81). Cherchez les procédés (lexique, effets de répétition, type de discours, type de phrases...) qui permettent l'animation de la scène.

5 Dans quelles phrases du chapitre 1 le narrateur signale-t-il sa présence ? Par quel procédé courant au cinéma pourrait-on le faire entendre dans une adaptation ?

6 Comment le personnage de Ferdinand Choupard est-il présenté (p. 9-10, l. 1-30) ? Dressez ses caractéristiques physiques et morales. Pourquoi sont-elles faciles à représenter dans une œuvre cinématographique ?

7 Quelle est la vision de Choupard à la fin du chapitre 1 ? Il y a deux explications possibles à cette hallucination : lesquelles ?

8 Au chapitre 2, quels éléments dérèglent le cadre réaliste posé ? Pourquoi peut-on qualifier ces éléments de surnaturels ?

9 Quelle impression donne la description de l'inspecteur Caponi ? Sur quels éléments de son portrait présenté au chapitre 3 (p. 20, l. 3 à 16) vous appuyez-vous ?

10 Au chapitre 3 (p. 24-25, l. 104, 108 et 112) : trois personnages différents s'écrient « Oh mon Dieu ». Quel est le sens de chacune de ces exclamations ? Comment cette répétition montre-t-elle que ce texte est un scénario qui va produire un effet visuel et sonore comique ?

11 Comment et par quel personnage l'héroïne, Adèle Blanc-Sec, est-elle introduite au chapitre 4 ? Quelles sont les premières caractéristiques du personnage mentionnées ici ?

12 Comment le suspens est-il maintenu au sujet de notre héroïne, au cours des quatre premiers chapitres ? Au début du chapitre 3, qui signale l'absence d'Adèle Blanc-Sec ?

Écrire

13 Imaginez une courte histoire (env. 20 lignes) qui se déroulerait dans des lieux que vous fréquentez et où se produirait un événement surnaturel. Vous décrirez précisément le cadre.

Chercher

14 Faites une recherche sur les lieux et monuments parisiens mentionnés au chapitre 1.

15 Cherchez comment s'appelle l'époque des années 1900. Trouvez pourquoi ces années portent ce nom.

Arrêt sur image

16 Analysez la disposition de ces vignettes de la BD et l'angle de vue choisi : en quoi ces éléments concourent-ils à faire de ces cases une représentation du réel ?

À SAVOIR

QU'EST-CE QU'UN TEXTE RÉALISTE ?

Un texte réaliste s'inscrit dans un cadre spatio-temporel, c'est-à-dire un espace et un temps de l'action, prenant pour support la réalité. On y trouve des noms propres évoquant des lieux existants, qui permettent de situer précisément l'action, et des dates faisant référence à une période historique clairement définie. Les deux sont en lien étroit, créant ainsi un cadre cohérent et vraisemblable dans lequel le lecteur se sent transporté. Des noms de personnages peuvent aussi être repris à des personnes ayant réellement existé, ce qui accentue l'impression d'une reconstitution de la réalité.

Lire

1 Le chapitre 5 s'ouvre sur un nouveau cadre, l'Égypte : quels sont les éléments caractéristiques qui constituent ce nouveau décor ?

2 Quelles sont les traits de caractère d'Adèle Blanc-Sec qui peuvent être relevés lors de la première apparition du personnage au chapitre 5 (p. 29-30, l. 6-25) ?

3 Quels rapports Adèle entretient-elle avec Aziz ? Qu'est-ce que leur relation a de particulier selon vous ?

4 Pourquoi peut-on dire que le personnage d'Adèle est anticonformiste ? Définissez ce terme et trouvez des exemples de cette attitude dans le chapitre 5.

5 Où pénètrent Adèle et, avec elle, le lecteur, au chapitre 6 ? Repérez l'organisation particulière de cet espace.

6 Quelles informations données par Adèle montrent qu'elle connaît bien les traditions ancestrales égyptiennes ?

7 Que cherche Adèle au chapitre 6 ? Quel est le rôle des deux brutes qui accompagnent Adèle et Aziz ?

8 Relevez les traits d'humour d'Adèle Blanc-Sec (p. 34-35) : quelle nouvelle caractéristique du personnage révèlent-ils ?

9 Comment Adèle prend-elle le dessus sur les deux malfrats à la page 36 ? Comment Akbar et Setimohtep sont-ils ridiculisés ?

10 Comment le suspens est-il maintenu des pages 37 à 41 sur ce que cherche précisément Adèle ?

11 Quels sont les châtiments réservés aux deux malfrats ? Pourquoi ?

12 Décrivez le personnage de l'ennemi d'Adèle, Dieuleveut, présenté au début du chapitre 7 : comment ses caractéristiques physiques entrent-elles en relation avec ses caractéristiques morales ?

13 Le lecteur apprend au chapitre 7 la raison de la présence d'Adèle en Égypte et de ses recherches : quel est son but et comment compte-t-elle y parvenir ?

14 À la fin du chapitre 7, quel indice montre que la momie va jouer un rôle dans l'histoire à venir ? Pourquoi peut-on qualifier l'intervention de la momie de « fantastique » ?

15 Comment Adèle réagit-elle face à la menace de son exécution au chapitre 8 ? Relevez des adjectifs et des adverbes (p. 46-47, l. 1-27) rendant compte de son attitude.

16 Quel est le point de vue adopté par le narrateur au chapitre 8 (p. 47, l. 37-41) ? Quel effet cela produit-il sur le lecteur ?

17 Par quels procédés Adèle se sort-elle de cette situation (p. 48-

49) ? Que cela montre-t-il du personnage ?

18 Comment Dieuleveut est-il puni ?

19 Expliquez le titre du chapitre 9 (cf. *À savoir* ci-dessous).

20 Montrez que le début du chapitre 9 (p. 50-52, l. 1-54) s'inscrit dans le genre du récit d'aventures : analysez les verbes utilisés et la succession des actions visant à animer le récit. En quoi ce chapitre correspond-il, selon vous, à ce que l'on attend d'un scénario ?

21 Pourquoi la réapparition d'Adèle peut-elle être qualifiée de comique au chapitre 9 (p. 52-53, l. 68-95) ?

Écrire

22 Vous vous trouvez dans une situation similaire à celle d'Adèle : enfermé dans un labyrinthe qui présente de nombreux pièges, vous devez trouver une solution pour vous en sortir. Décrivez précisément le lieu dans lequel vous êtes enfermé et les étapes successives nécessaires pour vous en échapper, en utilisant les procédés d'animation du récit relevés à la question 20.

Chercher

23 Faites une recherche sur les traditions mortuaires de l'Égypte ancienne et comparez les informations trouvées à la réponse donnée à la question 6.

24 Quel musée français consacre un de ses départements aux antiquités égyptiennes ? Consultez le site Internet de ce musée : citez et présentez quelques-unes des œuvres emblématiques de cette collection.

À SAVOIR

L'ÉGYPTE, DÉCOUVERTE D'UN AILLEURS QUI FASCINE

C'est au moment de la campagne militaire de Bonaparte face aux Anglais en Égypte, de 1798 à 1801, que les Européens découvrent la civilisation égyptienne et, très vite, ce pays si différent fascine. L'Égypte devient, pour les archéologues occidentaux, une terre de mystères à explorer… et de trésors à piller. Avec son système de communication particulier (hiéroglyphes), ses dieux multiples, ses coutumes ancestrales et ses dynasties de pharaons, elle incarne un ailleurs et un passé qui font rêver. Au XIXe siècle naît même une nouvelle science : l'égyptologie. Le célèbre égyptologue Champollion sera le premier à déchiffrer les hiéroglyphes et à « traduire » la célèbre pierre de Rosette.

ENQUÊTE SUR LE « MONSTRE VOLANT »

CHAPITRES 10 À 14
PAGES 55 À 78

Lire

1 Pourquoi Caponi ne croit-il pas aux déclarations de Choupard au début du chapitre 10 ? Montrez que le policier se moque de lui.

2 Au chapitre 10, à quel moment Caponi se rend-il compte de son erreur de jugement ? Que fait-il pour sauver la face ? Que cela révèle-t-il des compétences de ce policier ?

3 Comment l'affaire du ptérodactyle prend-elle de l'ampleur (chapitre 11) ?

4 Quelle est la réaction du Président Fallières à la lecture des journaux ? Quel événement le fait changer de comportement à propos de l'affaire ? Que décide-t-il ?

5 Dans le chapitre 12, par quel outil, nouveau à l'époque, l'engrenage du mécanisme judiciaire est-il déclenché ? Pourquoi peut-on parler d'une satire du système de police ?

6 Chapitre 13 : quelles sont les remarques qui, dans l'interrogatoire de Ménard par Caponi, ridiculisent le policier ?

7 Chapitre 14 : quel geste de Caponi pousse le ptérodactyle à sortir de sa cachette ? Quelle nouvelle caractéristique du policier est soulignée ?

8 Qui est arrêté par Caponi, pourquoi ?

Écrire

9 Faites un portrait satirique (physique et moral) du personnage de Caponi en vous appuyant sur les caractéristiques relevées.

Arrêt sur image

10 Analysez cette case de la BD : quelles différences y a-t-il entre les deux bulles ? Que cela révèle-t-il sur Caponi ? Est-ce cohérent avec ce que vous imaginiez du personnage ?

À SAVOIR

LA DIFFUSION DE LA PRESSE AU DÉBUT DU XIXe SIÈCLE

Entre la deuxième moitié du XIXe siècle et le début du XXe siècle, la presse quotidienne prend un essor considérable. Les journaux sont nombreux et de plus en plus diffusés, à Paris comme en province. Parmi eux, on peut citer les plus célèbres : *Le Petit Journal*, *Le Siècle*...

LA FACE CACHÉE D'ADÈLE BLANC-SEC

Lire

1 Que transporte Adèle, de retour à Paris ? Pourquoi parle-t-elle à la boîte qu'elle rapporte de voyage ? Que peut-on en conclure sur son contenu ?

2 Qui est François-Xavier Bonnot pour Adèle ? Que cela nous apprend-t-il sur le métier de notre héroïne ?

3 Expliquez le jeu de mots de la réplique d'Adèle (p. 80, l. 36). Sur quel procédé est-il construit ?

4 Comment Adèle esquive-t-elle les questions de François-Xavier au chapitre 15 ? Analysez la ponctuation utilisée pour montrer qu'Adèle est en train d'inventer des mensonges. Que cela nous révèle-t-il sur le caractère de notre héroïne ?

5 Relevez les expressions qui montrent que le personnage de François-Xavier ne se doute pas de la supercherie d'Adèle et fait preuve de crédulité.

6 Quel sentiment nouveau éprouve Adèle de retour à son appartement, (chapitre 16) ? En quoi ce sentiment entre-t-il en contraste avec ce que l'on sait du personnage d'Adèle Blanc-Sec ?

7 En quoi peut-on dire que l'appartement d'Adèle décrit au chapitre 16 (p. 85, l. 26-35) est en accord avec le caractère de sa propriétaire ?

8 Quel est le « secret » d'Adèle ?

9 Quel est le projet d'Adèle pour Agathe ? Comment le présente-t-elle à sa sœur (p. 87-88, l. 95-105), que cela traduit-il ?

10 Pourquoi l'annonce de la nouvelle de la condamnation à mort du professeur Espérandieu provoque-t-elle un choc chez Adèle ?

Écrire

11 Trouvez des homonymes et employez-les dans des phrases de sens différents au sein d'un dialogue entre deux personnages, de façon à créer des jeux de mots.

Chercher

12 Citez des personnages de bandes dessinées, de romans, de films que vous connaissez et qui, comme Adèle Blanc-Sec, pratiquent l'humour et manient avec finesse les jeux de mots.

À SAVOIR

L'HUMOUR, ENTRE RIRE ET DÉSESPOIR

L'humour est un tour d'esprit particulier, qui se joue avec ironie et distance des situations de la vie pour les détourner et les rendre plus légères. On parle d'« humour noir » quand celui-ci touche à des sujets tabous, comme la maladie ou la mort, et provoque une certaine gêne chez celui qui l'entend.

REBONDISSEMENTS, PÉRIPÉTIES ET MISSIONS IMPOSSIBLES(1)

Lire

1 Où se trouve le scientifique Marie-Joseph Espérandieu au début du chapitre 17 (p. 91) ? Pourquoi le titre du chapitre est-il ironique ?

2 Comment l'entrée en scène d'Adèle est-elle dramatisée au chapitre 17 (p. 92-93, l. 36-51) ? À votre avis, quel est le but recherché ?

3 Pourquoi Adèle veut-elle absolument sortir Espérandieu de prison ? Quelle information donnée par le professeur au chapitre 17 vient perturber le plan initial de notre héroïne ?

4 Relisez les chapitres 18 et 19 : comment sont-ils construits ? Quel effet cela produit-il sur le lecteur ? Pourquoi peut-on dire que cette organisation correspond bien à l'écriture d'un scénario ?

5 Quel personnage nouveau apparaît au chapitre 18 ? Relevez les procédés ironiques employés par le narrateur pour dresser son portrait (p. 97-98, l. 25-60).

6 Quels déguisements successifs Adèle passe-t-elle pour s'introduire dans la prison (chapitres 17 à 19) ? Comparez les lignes 95-96 du chapitre 17 et les lignes 159-160 et 210-211 du chapitre 18 : que remarquez-vous ? Que cela produit-il sur le lecteur ? À votre avis, comment cela sera-t-il rendu dans le film ?

7 Qu'arrive-t-il à l'inspecteur Caponi en haut de la tour Eiffel aux pages 100 et 101 ? Quel épisode du chapitre 14 cela vous rappelle-t-il ? Pourquoi ce nouvel épisode peut-il être qualifié de comique ?

8 Quelle idée trouve Adèle pour rendre la liberté à Espérandieu ? Qui va-t-elle voir pour mettre en œuvre son projet au chapitre 20 ? Quelles relations les deux personnages entretiennent-ils ?

9 Pourquoi Adèle est-elle arrêtée à la fin du chapitre 20 ? En quoi cette arrestation témoigne-t-elle d'une injustice ?

10 Le début du chapitre 21 propose une scène particulièrement comique d'un point de vue visuel : laquelle ? De quel type de comique est-il question ici ?

11 Où le ptérodactyle retourne-t-il au chapitre 21 ? En quoi ce lieu est-il capital pour la suite de l'action ?

12 Comparez les répliques d'Adèle et du policier au chapitre 22 (p. 122-123, l. 23-62) : pourquoi le dialogue est-il comique ?

13 Relevez des expressions qui illustrent l'état d'esprit d'Adèle au chapitre 23. Que découvre le lecteur sur le personnage ?

14 Comment Adèle se console-t-elle au chapitre 23 ? En quoi est-ce surprenant pour une femme du début du XXe siècle ?

15 Quels autres épisodes du scénario l'arrivée d'Adèle chez Andrej Zborowsky au chapitre 24 vous rappelle-t-elle ?

16 Pourquoi Adèle se comporte-t-elle de façon si directe avec Andrej au chapitre 24 ? Qu'attend-elle ?

17 Où se trouvent Adèle et Andrej au début du chapitre 25 ? Quels autres personnages occupent les lieux ? Que peut-on présager de la suite des événements ?

18 De quelle qualité fait preuve Adèle face au ptérodactyle ? Relevez les répliques du personnage qui permettent de justifier votre réponse.

19 Comment Adèle flatte-t-elle l'animal (p. 131, l. 42-43) ? Quelle fable connue cette réplique vous rappelle-t-elle ?

20 Par quel moyen Adèle parvient-elle à approcher le ptérodactyle ?

21 À votre avis, de quel procédé l'adaptation cinématographique devra user pour représenter Adèle chevauchant le ptérodactyle ?

Écrire

22 Rédigez le discours qu'Adèle prononcerait pour demander la grâce d'Espérandieu à une assemblée d'élus : pensez aux arguments qu'elle avancerait (inspirez-vous du chapitre 20) et au ton qu'elle emploierait.

Chercher

23 Faites une recherche sur le Jardin des plantes : où se trouve-t-il, quelles sont ses particularités, à quel autre lieu (important dans notre scénario) est-il associé ?

24 Adèle est comparée à une « version féminine de Buffalo Bill » au chapitre 25 (p. 133, l. 89-90) : cherchez qui est ce personnage et ce qu'il peut avoir en commun avec Adèle.

À SAVOIR

LES PROCÉDÉS COMIQUES

Pour déclencher le rire chez le lecteur, un texte s'appuie sur des procédés précis comme :

- **Le comique de mots : jeux de mots, ruptures de ton, exclamations inattendues...**
- **Le comique de caractère : opposition de deux caractères ou exagération des défauts du caractère d'un personnage.**
- **Le comique gestuel : attitude ou gestes particulièrement drôles d'un personnage.**
- **Le comique de situation : la situation en elle-même est surprenante, inattendue, décalée...**
- **Le comique de répétition : situation, paroles ou gestes d'un personnage qui se répètent et provoquent le rire.**

REBONDISSEMENTS, PÉRIPÉTIES ET MISSIONS IMPOSSIBLES (2)

Lire

1 Décrivez les personnages qui apparaissent au début du chapitre 26 (statut social, costumes, caractère...). Pourquoi peut-on parler ici de satire sociale ?

2 Pour quelle raison les personnages se retrouvent-ils dans cet appartement ? Dans quel état d'esprit sont-ils ? Relevez les expressions (p. 135, l. 7-21) qui permettent de justifier votre réponse.

3 Qu'apprend-t-on dans le dernier paragraphe du chapitre 26 ? Comment comprenez-vous rétrospectivement les répliques des lignes 10 à 13 (p. 135) ? Comment qualifieriez-vous ce type d'humour ?

4 Quelle serait la réaction d'Adèle si elle assistait à la scène ? Que cela nous apprend-t-il sur le personnage ?

5 Sous quel nom est désignée la guillotine au début du chapitre 27 ? Ce surnom vous semble-t-il approprié ?

6 Que devient l'exécution d'Espérandieu pour les passants ? Par quel procédé le narrateur critique-t-il ces passants au chapitre 27 (p. 138, l. 13-18) ?

7 Quel est le point de vue adopté par le narrateur pour rendre compte de la scène (p. 139-140, l. 32 à 55) ? Quel effet cela produit-il sur le lecteur ?

8 Montrez que la scène est traitée de manière réaliste (p. 141, l. 85-106) : quel sentiment ressent alors le lecteur ?

9 Quels événements surviennent à la fin du chapitre 27 ? Quelle est la réaction des bourgeois face à ce retournement de situation ?

10 Analysez l'onomastique : comment peut-on interpréter le nom du personnage d'Espérandieu à la lecture de ce chapitre ?

11 De quel point de vue la ville de Paris est-elle décrite au chapitre 28 (p. 144, l. 27-42) ? Comment cela pourrait-il être rendu dans une adaptation cinématographique ?

12 Quel acte Justin de Saint-Hubert commet-il au chapitre 28 ? Que cela engendre-t-il ? Quelle est la raison de ce phénomène ?

13 Pourquoi Ménard prend-il en chasse Saint-Hubert des pages 151 à 156 ? En quoi cette scène peut-elle être qualifiée de comique ? Comment se termine cette traque ?

14 Comment le chapitre 29 est-il construit ? Que permet cette organisation particulière ?

15 Relevez les expressions traduisant l'animation du récit (p. 158, l. 1-15). Pourquoi Adèle est-elle si impatiente ?

16 Quels éléments montrent que le phénomène décrit à la page 161 est surnaturel ?

17 Comparez les lignes 107-108 et 109 à 111 du chapitre 29 : que remarquez-vous ?

Écrire

18 Rédigez la lettre-testament du personnage Espérandieu à la veille de son exécution. Vous utiliserez le point de vue interne pour rendre compte de ses pensées et de ses sentiments.

Chercher

19 Faites une recherche sur l'histoire de la peine de mort en France : les dates importantes à retenir, les débats qu'elle a occasionnés, les conditions de son abolition.

À SAVOIR

LE POINT DE VUE INTERNE

Le point de vue interne (ou focalisation interne) apparaît quand le narrateur se confond avec l'un des personnages de l'action et décrit la scène à travers ses yeux. Le champ de vision du narrateur est restreint à celui du personnage. Le narrateur ressent les sentiments et partage les pensées du personnage. Les verbes de perception peuvent être des indices d'une écriture en focalisation interne.

Arrêt sur image

20 Décrivez cette case de la bande dessinée : comment est-elle construite ? Quel est l'angle de vue choisi ici ? Comparez vos observations avec le point de vue adopté au chapitre 26 pour évoquer une exécution capitale : comment le scénario reprend-il les choix du dessinateur Jacques Tardi ?

Lire

1 Quelle atmosphère règne dans l'appartement d'Adèle au début du chapitre 30 ? Relevez des éléments pour justifier votre réponse (l. 1-9). Que peut supposer le lecteur à ce moment-là ?

2 Où la rupture s'opère-t-elle ? Quel phénomène se produit alors ?

3 Comment Adèle interprète-t-elle ce phénomène ? Citez les deux explications qu'elle donne (p. 164, l. 11-15) ? Pourquoi peut-on qualifier jusqu'à la ligne 16 le phénomène de fantastique (cf. *À savoir* ci-contre) ?

4 Pourquoi et comment le phénomène devient-il surnaturel à partir de la ligne 16 (p. 164) (cf. *À savoir* ci-contre) ?

5 Quels éléments marquent la surprise d'Adèle quand elle découvre ce qui se passe réellement (p. 164-165, l. 19-29) ?

6 Pourquoi le dialogue du chapitre 30 (p. 165-166, l. 48 à 74) est-il comique ?

7 Qu'évoque Adèle au chapitre 31 ? En quoi ce chapitre répond-il à une attente du lecteur ?

8 Quelle image Adèle construit-elle de son enfance avec sa sœur (p. 169-170) ? Cette image est-elle fidèle à la réalité ? Qui nous le signale ?

9 Relevez les effets de décalage entre le récit de l'accident fait par Adèle et le récit véritable (p. 172, l. 88-105). Pourquoi Adèle transforme-t-elle le début de cette histoire ?

10 De la ligne 105 (p. 172) à la fin du chapitre 31, de quel point de vue le drame est-il raconté ? Avec quel procédé cinématographique le narrateur joue-t-il pour faire vivre la scène au lecteur ?

11 Au début du chapitre 33 (p. 176, l. 1-15), le narrateur nous rappelle brièvement le début du roman : comment appelle-t-on ce procédé littéraire ? De quel procédé cinématographique est-il l'équivalent ? Quel en est le but ?

12 Pourquoi la rencontre entre Patmosis et Choupard au chapitre 33 est-elle comique ? Quels épisodes vous rappelle-t-elle ?

13 Où pénètrent Adèle et Agathe au chapitre 34 ? Par quel moyen y parviennent-elles ? Quel autre phénomène surnaturel est mis en scène dans ce chapitre ?

14 Comment Patmosis appelle-t-il Adèle au chapitre 34 ? À quel trait de caractère d'Adèle fait-il allusion ?

15 Comment le pharaon Ramsès II apparaît-il (p. 186-187) ?

16 Que témoigne Patmosis à Ramsès II (p. 187, l. 143-147) ? Comment Adèle rompt-elle cela ? Pourquoi ?

17 Quelles sont les étapes du protocole de la guérison d'Agathe (p. 189-191, l. 199-254) ? Pourquoi celui-ci peut-il être qualifié de sacré ?

18 En quoi le réveil d'Agathe (p. 191) est-il digne d'un conte de fée ?

19 Que croit Choupard quand il se réveille au début du chapitre 36 ? Sur quel procédé comique repose la scène de la page 194 ?

20 En quoi le passage du chapitre 36 (p. 194, l. 39-44) est-il un clin d'oeil amusant pour le lecteur ?

Écrire

21 Lisez l'encadré *À savoir* et imaginez un texte fantastique dans lequel un personnage-narrateur a l'impression que le personnage d'un tableau prend vie.

À SAVOIR

FANTASTIQUE OU SURNATUREL ?

Un texte fantastique met en œuvre l'irruption, dans un cadre réaliste, d'un événement qui peut être expliqué de façon soit rationnelle, soit irrationnelle ; le lecteur est placé dans une situation de doute : il hésite entre les deux explications possibles.
Le terme surnaturel qualifie un événement qui ne peut pas être expliqué par la raison, qui appartient au domaine de l'impossible.

Chercher

22 Faites une recherche sur l'importance du règne de Ramsès II dans l'histoire de la civilisation égyptienne et trouvez des représentations iconographiques de ce pharaon.

Arrêt sur image

23 Analysez cette case de la bande dessinée : comment les deux personnages sont-ils disposés dans la case ? Pourquoi ? Quels sentiments transparaissent ? Par quels moyens Tardi les met-il en scène ?

RÉSOLUTION ET OUVERTURE

CHAPITRES 37 ET 38
PAGES 196 À 204

Lire

1 Au chapitre 37 (p. 196-197, l. 16-19), par quel procédé apprend-on le sort de certains personnages ? Pourquoi ces informations sont-elles importantes pour le lecteur ?

2 Quel mot (p. 196, l. 16) évoque la fin d'une histoire ? Pourquoi ce terme est-il particulièrement bien choisi pour évoquer la fin de l'enquête sur le ptérodactyle ?

3 Quel épisode du scénario vous rappelle les lignes 35 à 50 (p. 197-198) ? À votre avis, pourquoi peut-on parler de « boucle narrative » pour évoquer la structure du texte ?

4 Qu'arrive-t-il à Andrej Zborowsky (p. 199-200, l. 90 à 101) ? En quoi le sort qui est réservé au personnage est-il cohérent avec son caractère ?

5 Quel « nouveau » personnage apparaît à partir de la ligne 89 ? Décrivez-le. À qui ressemble-t-il ?

6 Comment la fin du chapitre 37 ménage-t-elle le suspens ? Comparez cela avec les quatre premiers chapitres du scénario : que remarquez-vous ?

7 Où retrouve-t-on Adèle au chapitre 38 ? Que fait-elle ? Pourquoi le lecteur, alors qu'il s'agit de la fin du roman, est-il inquiet pour l'héroïne ?

8 Comment les lignes 36 à 46 (p. 203) installent-elles un suspens nouveau ? À quel épisode déjà rencontré cette situation vous fait-elle penser ?

9 En quoi les indications contenues dans les lignes 51 à 63 (p. 204) sont-elles adaptées à l'écriture d'un scénario ?

10 Pourquoi peut-on parler de « fin ouverte » pour qualifier le dernier paragraphe du scénario ?

Écrire

11 Imaginez la suite des aventures d'Adèle.

Chercher

12 Faites une recherche sur le Titanic.

À SAVOIR

UNE FIN OUVERTE

L'oxymore « fin ouverte » est utilisé pour qualifier un dénouement qui laisse au lecteur ou au spectateur la possibilité d'imaginer la suite de l'histoire. On notera que cet effet est particulièrement intéressant ici, car il reprend l'un des fils narratifs de Tardi qui, au cours des neuf tomes de la série de bandes dessinées, ne cesse de jouer avec le destin de son héroïne.

I) QUAND LES DIVINITÉS ET LES MONSTRES SE RÉVEILLENT…

Un ptérodactyle qui naît du fond des âges, des momies qui reprennent vie : le scénario des *Aventures extraordinaires d'Adèle Blanc-Sec* met en scène le réveil d'animaux ou de personnages inanimés, revenus du passé et de la mort. Des nouvelles fantastiques aux romans de science-fiction, de nombreux genres littéraires ont joué sur ce thème pour surprendre le lecteur. À la fin du XIXe siècle, en lien avec les découvertes scientifiques de l'époque, certains romans ou nouvelles exploitent cette veine et proposent des récits surnaturels dans lesquels les progrès de la science permettent de réveiller les morts…

Prosper Mérimée (1803-1870)

La Vénus d'Ile (1837).

La Vénus d'Ile est une nouvelle fantastique dans laquelle une statue de Vénus, déesse de l'Amour, joue des tours à un futur marié : elle détient la bague qu'il lui a passée au doigt et semble s'animer mais le doute persiste.

M. Alphonse me tira dans l'embrasure d'une fenêtre, et me dit en détournant les yeux :

« Vous allez vous moquer de moi… Mais je ne sais ce que j'ai… je suis ensorcelé ! le diable m'emporte ! »

La première pensée qui me vint fut qu'il se croyait menacé de quelque

malheur du genre de ceux dont parlent Montaigne et Mme de Sévigné :

« Tout l'empire amoureux est plein d'histoires tragiques », etc.

Je croyais que ces sortes d'accidents n'arrivaient qu'aux gens d'esprit, me dis-je à moi-même.

« Vous avez trop bu de vin de Collioure, mon cher monsieur Alphonse, lui dis-je. Je vous avais prévenu.

– Oui, peut-être. Mais c'est quelque chose de bien plus terrible. »

Il avait la voix entrecoupée. Je le crus tout à fait ivre.

« Vous savez bien, mon anneau ? poursuivit-il après un silence.

– Eh bien, on l'a pris ?

– Non.

– En ce cas, vous l'avez ?

– Non… je… je ne puis l'ôter du doigt de cette diable de Vénus.

– Bon ! vous n'avez pas tiré assez fort.

– Si fait… Mais la Vénus… elle a serré le doigt. »

Il me regardait fixement d'un air hagard, s'appuyant à l'espagnolette[1] pour ne pas tomber.

« Quel conte ! lui dis-je. Vous avez trop enfoncé l'anneau. Demain vous l'aurez avec des tenailles. Mais prenez garde de gâter[2] la statue.

– Non, vous dis-je. Le doigt de la Vénus est retiré, reployé ; elle serre la main, m'entendez-vous ?… C'est ma femme, apparemment, puisque je lui ai donné mon anneau… Elle ne veut plus le rendre. »

J'éprouvai un frisson subit, et j'eus un instant la chair de poule.

Edgar Allan Poe (1809-1849)

« Petite discussion avec une momie » in *Nouvelles histoires extraordinaires* (1845), traduction de Charles Baudelaire en 1857.

---

1. Poignée de la fenêtre.
2. Abîmer, détériorer.

Cette nouvelle se déroule dans le milieu scientifique anglais de la fin du XIXe siècle : un cercle de savants observent une momie et tentent, au moyen de décharges électriques, de lui insuffler la vie. La momie commence alors à bouger et se met à leur parler. Cet extrait évoque le réveil de la momie et les premières réactions des spectateurs. Complètement surnaturel !

L'application de l'électricité à une momie vieille au moins de trois ou quatre mille ans était une idée, sinon très sensée, du moins suffisamment originale, et nous la saisîmes au vol. Pour ce beau projet, dans lequel il entrait un dixième de sérieux et neuf bons dixièmes de plaisanterie, nous disposâmes une batterie dans le cabinet du docteur, et nous y transportâmes l'Égyptien.

Ce ne fut pas sans beaucoup de peine que nous réussîmes à mettre à nu une partie du muscle temporal, qui semblait être d'une rigidité moins marmoréenne[1] que le reste du corps mais qui naturellement, comme nous nous y attendions bien, ne donna aucun indice de susceptibilité galvanique[2] quand on le mit en contact avec le fil. Ce premier essai nous parut décisif et, tout en riant de bon cœur de notre propre absurdité, nous nous souhaitions réciproquement une bonne nuit, quand mes yeux, tombant par hasard sur ceux de la momie, y restèrent immédiatement cloués d'étonnement. De fait, le premier coup d'œil m'avait suffi pour m'assurer que les globes, que nous avions tous supposés être de verre, et qui primitivement se distinguaient par une certaine fixité singulière, étaient maintenant si bien recouverts par les paupières, qu'une petite portion de la *tunica albuginea*[3] restait seule visible.

1. De marbre.
2. Qui produit un réflexe électrique de certaines parties du corps.
3. Blanc de l'œil.

Je poussai un cri, et j'attirai l'attention sur ce fait, qui devint immédiatement évident pour tout le monde.

[...]

Après le premier choc de l'étonnement, nous résolûmes, cela va sans dire, de tenter tout de suite une nouvelle expérience. Nos opérations furent alors dirigées contre le gros orteil du pied droit. Nous fîmes une incision au-dessus de la région de l'*os sesamoideum pollicis pedis*[4], et nous arrivâmes ainsi à la naissance du muscle *abductor*[5]. Rajustant la batterie, nous appliquâmes de nouveau le fluide aux nerfs mis à nu, – quand, avec un mouvement plus vif que la vie elle-même, la momie retira son genou droit comme pour le rapprocher le plus possible de l'abdomen, puis, redressant le membre avec une force inconcevable, allongea au docteur Ponnonner une ruade qui eut pour l'effet de décocher ce gentleman, comme le projectile d'une catapulte, et de l'envoyer dans la rue à travers une fenêtre.

Nous nous précipitâmes en masse pour rapporter les débris mutilés de l'infortuné ; [...]

Ce fut donc d'après son conseil que nous fîmes sur-le-champ une incision profonde dans le bout du nez du sujet ; et le docteur y jetant desmains impétueuses, le fourra violemment en contact avec le fil métallique.

Moralement et physiquement, – métaphoriquement et littéralement, – l'effet fut *électrique.* D'abord le cadavre ouvrit les yeux et les cligna très rapidement pendant quelques minutes, comme M. Barnes dans la pantomime[6] ; puis il éternua ; en troisième lieu, il se dressa sur son séant ; en quatrième lieu, il mit son poing sous le nez du docteur Ponnonner ; enfin, se tournant vers MM. Gliddon et Buckingham, il leur adressa, dans l'égyptien le plus pur, le discours suivant :

– Je dois vous dire, gentlemen, que je suis aussi surpris que mortifié de votre conduite.

---

4. Petit os arrondi du pouce du pied.
5. Muscle qui s'étire.
6. Pièce de théâtre, proche du mine, s'appuyant sur la gestuelle.

Du docteur Ponnonner, je n'avais rien de mieux à attendre : c'est un pauvre petit gros sot qui ne sait rien de rien. J'ai pitié de lui, et je lui pardonne. Mais vous, monsieur Gliddon, – et vous, Silk, qui avez voyagé et résidé en Égypte, à ce point qu'on pourrait croire que vous êtes né sur nos terres, [...] j'attendais de vous une conduite plus courtoise. Que dois-je penser de votre impassible neutralité quand je suis traité aussi brutalement ? Que dois-je supposer, quand vous permettez à Pierre et à Paul de me dépouiller de mes bières et de mes vêtements sous cet affreux climat de glace ? À quel point de vue, pour en finir, dois-je considérer votre fait d'aider et d'encourager ce misérable petit drôle, ce docteur Ponnonner, à me tirer par le nez ?

Mary SHELLEY (1797-1851)

Frankenstein ou le Prométhée moderne (1818), traduction de Jules Saladin en 1821.

Connu pour être le premier roman de science-fiction, *Frankenstein* est l'histoire d'un scientifique, Victor Frankenstein, qui a créé un monstre qui prend vie et se retourne contre son créateur. Ici, le monstre, horrible, s'éveille. On observe encore le lien entre science et fiction.

Ce fut en novembre, pendant une nuit affreuse, que je vis l'accomplissement de mes travaux. Dans une inquiétude voisine de l'agonie, je rassemblai autour de moi les instruments propres à donner la vie, pour introduire une étincelle d'existence dans cette matière inanimée qui était à mes pieds. L'airain[1] avait déjà sonné la première heure après minuit ; la

1. Bronze. Ici, cloche faite de cet alliage.

pluie battait, avec un sifflement horrible, contre mes fenêtres ; ma lumière était près de s'éteindre, lorsqu'à cette lueur vacillante, je vis s'ouvrir l'œil jaune et stupide de la créature : elle respira avec force, et ses membres furent agités d'un mouvement convulsif.

Comment décrire ce que j'éprouvai à cette vue, ou comment peindre le malheureux dont la formation m'avait coûté tant d'efforts, de peines, et de soins ? Ses membres étaient d'une juste proportion, et les traits que je lui avais donnés n'étaient pas moins beaux. Beaux !... grand Dieu ! sa peau jaune couvrait à peine le système des muscles et des artères : sa chevelure flottante était d'un noir brillant ; ses dents étaient blanches comme des perles ; mais ces avantages ne formaient qu'un contraste plus horrible avec des yeux insipides, qui paraissaient presque de la même couleur que leurs blanches et sombres orbites ; une peau ridée, et des lèvres noires et serrées l'une contre l'autre. Les différents événements de la vie ne sont pas aussi variables que les sensations du cœur humain. Je n'avais pas cessé de travailler pendant près de deux ans, dans le seul but de donner l'être[1] à un corps inanimé.

TARDI (né en 1946)

Les Aventures extraordinaires d'Adèle Blanc-Sec (1977), *Le Savant fou*, tome 3, © Éditions Casterman.

Adèle elle-même, dans cette planche, assiste au réveil d'un homme-singe ramené de l'expédition d'un savant en Sibérie. Tardi ne cache pas ici la référence directe à *Frankenstein* et en joue à la manière d'un pastiche, voire d'une parodie visuelle.

1. La vie.

Il me semble qu'il a bougé.
Non, nous avons échoué.
Essayons encore une décharge pour en avoir le coeur net.
Vite, DIEULEVEULT, encore un coup !
HA! HA! HA!
GZZSSHZZ
Quoi, des éclairs ! De l'orage par temps de neige ?
C'est pour l'ambiance.
La nature fait bien les choses... Heu, avez-vous lu Mary SHELLEY ?
?
IL VIT!

II) DES HÉROS-VOYAGEURS EN QUÊTE D'AVENTURES

À l'image d'Adèle Blanc-Sec ou du célèbre reporter d'Hergé, Tintin, confronté à des périls aux quatre coins du monde et jusque dans l'espace, de nombreux héros de romans ou de récits de voyage partent pour des contrées lointaines ou des espaces inconnus en quête d'aventures et de sensations. Ces fictions forment un genre littéraire propre : le roman d'aventures. Les trois extraits qui suivent donnent une image, à travers les siècles, de ce qui constitue le héros du roman d'aventures.

HOMÈRE (VIIIe siècle avant Jésus-Christ ?)

L'*Odyssée*, tome 2, livre IX, traduction de Mme Dacier en 1716.

Ulysse représente l'un des premiers grands héros-voyageurs de la littérature occidentale. Parti d'Ithaque pour participer à la guerre de Troie, il parcourt les mers pour rentrer dans son île et retrouver sa femme Pénélope. Son épopée est ponctuée de rencontres et d'aventures extraordinaires. Ici, Ulysse et ses compagnons de voyage rencontrent Polyphème, le cyclope.

Nous fûmes saisis de frayeur en entendant la voix épouvantable et en voyant cette taille prodigieuse. Cependant je ne laissai[1] pas de lui

1. Manquai.

répondre : « Nous sommes des Grecs qui après le siège de Troie avons été longtemps le jouet des vents et des tempêtes. En tâchant de regagner notre patrie nous avons été écartés de notre route, et nous avons été portés en divers pays. C'est ainsi que l'a ordonné le grand Jupiter, maître de la destinée des hommes. Nous sommes sujets du roi Agamemnon[2], dont la gloire remplit aujourd'hui la terre entière, car il vient de saccager une ville célèbre et de ruiner un empire florissant. Nous venons embrasser vos genoux [...] »

Ces paroles ne touchèrent point ce monstre ; il me répondit avec une dureté impie : « Étranger, tu es bien dépourvu de sens, ou tu viens de bien loin, toi qui m'exhortes à respecter les dieux et à avoir de l'humanité. Sache que les cyclopes[3] ne se soucient point de Jupiter ni de tous les autres Dieux, car nous sommes plus forts et plus puissants qu'eux ; et ne te flatte point que pour me mettre à couvert de sa colère, j'aurai compassion de toi et de tes compagnons, si mon cœur de lui-même ne le tourne en pitié. » [...]

Le barbare se jette sur mes compagnons, en empoigne deux et les froisse contre la roche comme de petits faons. Leur cervelle rejaillit de tous côtés et le sang inonda la terre tout aux environs. Il les met en pièces, les prépare pour son souper, et les dévore comme un lion qui a couru les montagnes sans trouver de proie ; il mange non seulement les chairs, mais les entrailles et les os. À la vue de cet horrible spectacle, nous fondions en larmes, levant les mains au ciel et ne sachant que devenir. Après qu'il eut rempli son vaste estomac des chairs de mes compagnons et bu une grande quantité de lait, il se jette par terre en s'étendant dans la caverne au milieu des brebis. Cent fois mon courage m'inspira la pensée de mettre l'épée à la main, de me jeter sur lui et de lui percer le cœur, mais une considération très forte ne retint.

2. Roi d'Argos et de Mycènes dans la mythologie grecque.
3. Créatures géantes de la mythologie grecque n'ayant qu'un œil au milieu du front.

CYRANO DE BERGERAC (1619-1655)

L'Autre Monde ou les États et Empires de la Lune (1657, posthume).

Avant d'être le héros d'Edmond Rostand, Cyrano de Bergerac est un auteur reconnu du XVIIe siècle. Son roman le plus célèbre rend compte d'un voyage extraordinaire et utopique sur l'astre lunaire. Dans cet extrait, le narrateur décrit son périple incroyable et son arrivée au milieu des Sélénites, habitants imaginaires de la Lune, qu'il qualifie de « sauvages ».

À ces boutades, qu'on nommera peut-être des accès de fièvre chaude, succéda l'espérance de faire réussir un si beau voyage : de sorte que je m'enfermai, pour en venir à bout, dans une maison de campagne assez écartée, où, après avoir flatté mes rêveries de quelques moyens proportionnés à mon sujet, voici comment je montai au ciel.

J'avais attaché autour de moi quantité de fioles pleines de rosée, sur lesquelles le Soleil dardait ses rayons si violemment, que la chaleur, qui les attirait, comme elle fait des plus grosses nuées, m'éleva si haut, qu'enfin je me trouvai au-dessus de la moyenne région. Mais, comme cette attraction me faisait monter avec tant de rapidité, qu'au lieu de m'approcher de la Lune, comme je prétendais, elle me paraissait plus éloignée qu'à mon départ, je cassai plusieurs de mes fioles, jusqu'à ce que je sentis que ma pesanteur surmontait l'attraction, et que je redescendais vers la Terre. Mon opinion ne fut point fausse ; car j'y retombai quelque temps après ; et, à compter de l'heure que j'en étais parti, il devait être minuit.

Cependant je reconnus que le Soleil était alors au plus haut de l'horizon, et qu'il était là midi. Je vous laisse à penser combien je fus étonné :

certes, je le fus de si bonne sorte, que, ne sachant à quoi attribuer ce miracle, j'eus l'insolence de m'imaginer qu'en faveur de ma hardiesse Dieu avait encore une fois recloué le Soleil aux cieux, afin d'éclairer une si généreuse entreprise. Ce qui accrut mon étonnement, ce fut de ne point connaître le pays où j'étais, vu qu'il me semblait qu'étant monté droit, je devais être descendu au même lieu d'où j'étais parti. Équipé pourtant comme j'étais, je m'acheminai vers une espèce de chaumière, où j'aperçus de la fumée ; et j'en étais à peine à une portée de pistolet, que je me vis entouré d'un grand nombre d'hommes tout nus. Ils parurent fort surpris de ma rencontre, car j'étais le premier, à ce que je pense, qu'ils eussent jamais vu habillé de bouteilles. Et, pour renverser encore toutes les interprétations qu'ils auraient pu donner à cet équipage, ils voyaient qu'en marchant je ne touchais presque point à la terre. Aussi ne savaient-ils pas qu'au moindre branle[1] que je donnais à mon corps, l'ardeur des rayons de midi me soulevait avec ma rosée ; et que, sans que mes fioles n'étaient plus en assez grand nombre, j'eusse été peut-être à leur vue enlevé dans les airs.

Jules VERNE (1828-1905)

Cinq semaines en ballon (1863).

Au XIXe siècle, Verne réinvestit le roman d'aventures. Dans cet extrait, Ferguson et son domestique, Dick, ainsi que Joe, entreprennent de traverser le continent africain à l'aide d'un ballon dirigeable. Ils rencontrent de nombreuses aventures périlleuses dans une contrée parfois hostile mais toujours surprenante.

1. Mouvement, oscillation.

C'était en vérité une promenade charmante, une véritable navigation sur cette mer si verte, presque transparente, avec de douces ondulations au souffle du vent. La nacelle justifiait bien son nom, et semblait fendre des flots, à cela près qu'une volée d'oiseaux aux splendides couleurs s'échappait parfois des hautes herbes avec mille cris joyeux ; les ancres plongeaient dans ce lac de fleurs, et traçaient un sillon qui se refermait derrière elles, comme le sillage d'un vaisseau.

Tout à coup, le ballon éprouva une forte secousse ; l'ancre avait mordu sans doute une fissure de roc cachée sous ce gazon gigantesque.

« Nous sommes pris, fit Joe.

– Eh bien ! jette l'échelle », répliqua le chasseur.

Ces paroles n'étaient pas achevées, qu'un cri aigu retentit dans l'air, et les phrases suivantes, entrecoupées d'exclamations, s'échappèrent de la bouche des trois voyageurs.

« Qu'est cela ?

– Un cri singulier !

– Tiens ! nous marchons !

– L'ancre a dérapé.

– Mais non ! elle tient toujours, fit Joe, qui halait sur la corde.

– C'est le rocher qui marche ! »

Un vaste remuement se faisait dans les herbes, et bientôt une forme allongée et sinueuse s'éleva au-dessus d'elles.

« Un serpent ! fit Joe.

– Un serpent ! s'écria Kennedy en armant sa carabine.

– Eh non ! dit le docteur, c'est une trompe d'éléphant.

– Un éléphant, Samuel ! »

Et Kennedy, ce disant, épaula son arme.

« Attends, Dick, attends !

– Sans doute ! L'animal nous remorque.

– Et du bon côté, Joe, du bon côté. »

L'éléphant s'avançait avec une certaine rapidité ; il arriva bientôt à une clairière, où l'on put le voir tout entier ; à sa taille gigantesque, le docteur reconnut un mâle d'une magnifique espèce ; il portait deux défenses blanchâtres, d'une courbure admirable, et qui pouvaient avoir huit pieds[1] de long ; les pattes de l'ancre étaient fortement prises entre elles.

L'animal essayait vainement de se débarrasser avec sa trompe de la corde qui le rattachait à la nacelle.

« En avant ! hardi ! s'écria Joe au comble de la joie, excitant de son mieux cet étrange équipage. Voilà encore une nouvelle manière de voyager ! Plus que cela de cheval ! un éléphant, s'il vous plaît.

– Mais où nous mène-t-il ? demanda Kennedy, agitant sa carabine qui lui brûlait les mains.

– Il nous mène où nous voulons aller, mon cher Dick ! Un peu de patience !

1. Unité de mesure correspondant à la longueur d'un pied humain (30 cm).

BIBLIOGRAPHIE

La série « Adèle Blanc-sec » de TARDI

– Tome 1* : *Adèle et la Bête*, Magnard, « Classiques & Contemporains Bande Dessinée », 2009.
– Tome 2 : *Le Démon de la tour Eiffel*, Magnard, « Classiques & Contemporains Bande Dessinée », 2010.
– Tome 3 : *Le Savant fou*, Casterman, 1977.
– Tome 4* : *Momies en folie*, Casterman, 1978.
– Tome 5 : *Le Secret de la salamandre*, Casterman, 1981.
– Tome 6 : *Le Noyé à deux têtes*, Casterman, 1985.
– Tome 7* : *Tous des monstres !*, Casterman, 1994.
– Tome 8 : *Le Mystère des profondeurs*, Casterman, 1998.
– Tome 9, première partie : *Le Labyrinthe infernal*, Casterman, 2007.
– Tome 9, deuxième partie : *Le Bébé des Buttes-Chaumont*, à paraître.
*Albums en lien avec le scénario.

Romans d'aventure et récits de voyages

– Daniel Defoe, *Robinson Crusoé*, Librairie générale française, « Les Classiques de Poche », 2003.
– Edgar Allan Poe, *Les Aventures d'Arthur Gordon Pym*, Librairie générale française, « Le Livre de Poche », 2007
– Robert Louis Stevenson, *L'Île au trésor*, Librairie générale française, « Les Classiques de Poche », 1973.
– Jules Verne, *L'Île mystérieuse*, tomes 1 et 2, Librairie générale française, « Le Livre de Poche ».
– Jules Verne, *Cinq Semaines en ballon*, Librairie générale française, « Le Livre de Poche », 1974.
– Jonathan Swift, *Les Voyages de Gulliver*, Flammarion, « Gf », 1999.

Nouvelles fantastiques

– Prosper Mérimée, *La Vénus d'Ille*, Gallimard, « Folio classique », 2000.
– Edgar Allan Poe, *Histoires extraordinaires et Nouvelles histoires extraordinaires*, Gallimard, « Folio ».
– *Nouvelles fantastiques*, Magnard, « Classiques & Contemporains », 2001.

S'INFORMER AU CDI

– Christine Coste, « Tardi et Schuiten redessinent Paris et Bruxelles » in *Le Monde 2* du 25 avril 2009, p. 32-37.

– Yves-Marie Labé, « Métamorphoses de la BD » in *Le Monde Dossiers et documents* de juillet 2008, p. 4.

VISITER

– Le Louvre, département des Antiquités égyptiennes, 75001 Paris.
– Le Muséum d'histoire naturelle de Paris, 57 rue Cuvier, 75005 Paris.

INTERNET

– Le site de la mairie de Paris propose un parcours des lieux et rues de Paris dans les pas d'Adèle Blanc-Sec :
http ://www.paris.fr/portail/loisirs/Portal.lut ?page_id=8542
– Le site des éditions Casterman propose des interviews de Tardi et des éléments sur le cinéma de Luc Besson pour mieux comprendre l'adaptation cinématographique : www.casterman.com

FILMOGRAPHIE

– Luc Besson, *Les Aventures extraordinaires d'Adèle Blanc-Sec*, 2010.
– Steven Spielberg, *Les Aventuriers de l'arche perdue* (premier volet des aventures d'Indiana Jones), 1981.
– James Whale, *Frankenstein*, 1931.

Classiques & Contemporains

SÉRIES COLLÈGE ET LYCÉE

1 **Mary Higgins Clark,** *La Nuit du renard*
2 **Victor Hugo,** *Claude Gueux*
3 **Stephen King,** *La Cadillac de Dolan*
4 **Pierre Loti,** *Le Roman d'un enfant*
5 **Christian Jacq,** *La Fiancée du Nil*
6 **Jules Renard,** *Poil de Carotte* (comédie en un acte), suivi de *La Bigote* (comédie en deux actes)
7 **Nicole Ciravégna,** *Les Tambours de la nuit*
8 **Sir Arthur Conan Doyle,** *Le Monde perdu*
9 **Poe, Gautier, Maupassant, Gogol,** *Nouvelles fantastiques*
10 **Philippe Delerm,** *L'Envol*
11 *La Farce de Maître Pierre Pathelin*
12 **Bruce Lowery,** *La Cicatrice*
13 **Alphonse Daudet,** *Contes choisis*
14 **Didier van Cauwelaert,** *Cheyenne*
15 **Honoré de Balzac,** *Sarrazine*
16 **Amélie Nothomb,** *Le Sabotage amoureux*
17 **Alfred Jarry,** *Ubu roi*
18 **Claude Klotz,** *Killer Kid*
19 **Molière,** *George Dandin*
20 **Didier Daeninckx,** *Cannibale*
21 **Prosper Mérimée,** *Tamango*
22 **Roger Vercel,** *Capitaine Conan*
23 **Alexandre Dumas,** *Le Bagnard de l'Opéra*
24 **Albert t'Serstevens,** *Taïa*
25 **Gaston Leroux,** *Le Mystère de la chambre jaune*
26 **Éric Boisset,** *Le Grimoire d'Arkandias*
27 **Robert Louis Stevenson,** *Le Cas étrange du Dr Jekyll et de M. Hyde*
28 **Vercors,** *Le Silence de la mer*
29 **Stendhal,** *Vanina Vanini*
30 **Patrick Cauvin,** *Menteur*
31 **Charles Perrault, Mme d'Aulnoy, etc.,** *Contes merveilleux*
32 **Jacques Lanzmann,** *Le Têtard*
33 **Honoré de Balzac,** *Les Secrets de la princesse de Cadignan*
34 **Fred Vargas,** *L'Homme à l'envers*
35 **Jules Verne,** *Sans dessus dessous*

36 **Léon Werth,** *33 Jours*
37 **Pierre Corneille,** *Le Menteur*
38 **Roy Lewis,** *Pourquoi j'ai mangé mon père*
39 **Charles Baudelaire,** *Les Fleurs du Mal*
40 **Yasmina Reza,** *« Art »*
41 **Émile Zola,** *Thérèse Raquin*
42 **Éric-Emmanuel Schmitt,** *Le Visiteur*
43 **Guy de Maupassant,** *Les deux Horla*
44 **H. G. Wells,** *L'Homme invisible*
45 **Alfred de Musset,** *Lorenzaccio*
46 **René Maran,** *Batouala*
47 **Paul Verlaine,** *Confessions*
48 **Voltaire,** *L'Ingénu*
49 **Sir Arthur Conan Doyle,** *Trois Aventures de Sherlock Holmes*
50 *Le Roman de Renart*
51 **Fred Uhlman,** *La lettre de Conrad*
52 **Molière,** *Le Malade imaginaire*
53 **Vercors,** *Zoo ou l'assassin philanthrope*
54 **Denis Diderot,** *Supplément au Voyage de Bougainville*
55 **Raymond Radiguet,** *Le Diable au corps*
56 **Gustave Flaubert,** *Lettres à Louise Colet*
57 **Éric-Emmanuel Schmitt,** *Monsieur Ibrahim et les fleurs du Coran*
58 **George Sand,** *Les Dames vertes*
59 **Anna Gavalda, Dino Buzzati, Julio Cortázar, Claude Bourgeyx, Fred Kassak, Pascal Mérigeau,** *Nouvelles à chute*
60 **Maupassant,** *Les Dimanches d'un bourgeois de Paris*
61 **Éric-Emmanuel Schmitt,** *La Nuit de Valognes*
62 **Molière,** *Dom Juan*
63 **Nina Berberova,** *Le Roseau révolté*
64 **Marivaux,** *La Colonie* suivi de *L'Île des esclaves*
65 **Italo Calvino,** *Le Vicomte pourfendu*
66 *Les Grands Textes fondateurs*
67 *Les Grands Textes du Moyen Âge et du* XVIe *siècle*
68 **Boris Vian,** *Les Fourmis*
69 *Contes populaires de Palestine*
70 **Albert Cossery,** *Les Hommes oubliés de Dieu*
71 **Kama Kamanda,** *Les Contes du Griot*
72 **Bernard Werber,** *Les Fourmis* (Tome 1)
73 **Bernard Werber,** *Les Fourmis* (Tome 2)
74 **Mary Higgins Clark,** *Le Billet gagnant et deux autres nouvelles*
75 *90 poèmes classiques et contemporains*
76 **Fred Vargas,** *Pars vite et reviens tard*

77 **Roald Dahl, Ray Bradbury, Jorge Luis Borges, Fredric Brown,** *Nouvelles à chute 2*
78 **Fred Vargas,** *L'Homme aux cercles bleus*
79 **Éric-Emmanuel Schmitt,** *Oscar et la dame rose*
80 **Zarko Petan,** *Le Procès du loup*
81 **Georges Feydeau,** *Dormez, je le veux !*
82 **Fred Vargas,** *Debout les morts*
83 **Alphonse Allais,** *À se tordre*
84 **Amélie Nothomb,** *Stupeur et Tremblements*
85 *Lais merveilleux des XIIe et XIIIe siècles*
86 *La Presse dans tous ses états – Lire les journaux du XVIIe au XXIe siècle*
87 *Histoires vraies – Le Fait divers dans la presse du XVIe au XXIe siècle*
88 **Nigel Barley,** *L'Anthropologie n'est pas un sport dangereux*
89 **Patricia Highsmith, Edgar A. Poe, Guy de Maupassant, Alphonse Daudet,** *Nouvelles animalières*
90 **Laurent Gaudé,** *Voyages en terres inconnues – Deux récits sidérants*
91 **Stephen King,** *Cette impression qui n'a de nom qu'en français et trois autres nouvelles*
92 **Dostoïevski,** *Carnets du sous-sol*
93 **Corneille,** *Médée*
94 **Max Rouquette,** *Médée*
95 **Boccace, E.A. Poe, P.D. James, T.C. Boyle, etc.,** *Nouvelles du fléau – Petite chronique de l'épidémie à travers les âges*
96 *La Résistance en prose – Des mots pour résister*
97 *La Résistance en poésie – Des poèmes pour résister*
98 **Molière,** *Le Sicilien ou l'Amour peintre*
99 **Honoré de Balzac,** *La Bourse*
100 **Paul Reboux et Charles Muller,** *À la manière de... – Pastiches classiques*
100 bis **Pascal Fioretto,** *Et si c'était niais ? – Pastiches contemporains*
101 *Ceci n'est pas un conte et autres contes excentriques du XVIIIe siècle*
102 **Éric-Emmanuel Schmitt,** *Milarepa*
103 **Victor Hugo,** *Théâtre en liberté*
104 **Laurent Gaudé,** *Salina*
105 **George Sand,** *Marianne*
106 **E.T.A. Hoffmann,** *Mademoiselle de Scudéry*
107 **Charlotte Brontë,** *L'Hôtel Stancliffe*
108 **Didier Daeninckx,** *Histoire et faux-semblants*
109 **Éric-Emmanuel Schmitt,** *L'Enfant de Noé*
110 **Jean Anouilh,** *Pièces roses*
111 **Amélie Nothomb,** *Métaphysique des tubes*
112 **Charles Barbara,** *L'Assassinat du Pont-Rouge*

113 **Maurice Pons,** *Délicieuses frayeurs*
114 **Georges Courteline,** *La Cruche*
115 **Jean-Michel Ribes,** *Trois pièces facétieuses*
116 **Sam Braun (entretien avec Stéphane Guinoiseau),** *Personne ne m'aurait cru, alors je me suis tu*
117 **Jules Renard,** *Huit jours à la campagne*
118 **Ricarda Huch,** *Le Dernier Été*
119 *Les Aventures extraordinaires d'Adèle Blanc-Sec, Le roman du film*

SÉRIE BANDE DESSINÉE (en coédition avec Casterman)

1 **Tardi,** *Adèle Blanc-sec – Adèle et la Bête*
2 **Hugo Pratt,** *Corto Maltese – Fable de Venise*
3 **Hugo Pratt,** *Corto Maltese – La Jeunesse de Corto*
4 **Jacques Ferrandez,** *Carnets d'Orient – Le Cimetière des Princesses*
5 **Tardi,** *Adieu Brindavoine* suivi de *La Fleur au fusil*
6 **Comès,** *Dix de der*
7 **Enki Bilal et Pierre Christin,** *Les Phalanges de l'Ordre noir*
8 **Tito,** *Tendre banlieue – Appel au calme*
9 **Franquin,** *Idées noires*
10 **Jean-Michel Beuriot et Philippe Richelle,** *Amours fragiles – Le Dernier Printemps*
11 **Ryuichiro Utsumi et Jirô Taniguchi,** *L'Orme du Caucase*
12 **Jacques Ferrandez et Tonino Benacquista,** *L'Outremangeur*
13 **Tardi,** *Adèle Blanc-sec – Le Démon de la Tour Eiffel*
14 **Vincent Wagner et Roger Seiter,** *Mysteries – Seule contre la loi*
15 **Tardi et Didier Daeninckx,** *Le Der des ders*
16 **Hugo Pratt,** *Saint-Exupéry – Le Dernier Vol*

SÉRIE ANGLAIS

Allan Ahlberg, *My Brother's Ghost*
Saki, *Selected Short Stories*
Edgar Allan Poe, *The Black Cat,* suivie de *The Oblong Box*
Isaac Asimov, *Science Fiction Stories*
Sir Arthur Conan Doyle, *The Speckled Band*
Truman Capote, *American Short Stories*

Crédits

Vignettes, p. 207 : *Les Aventures extraordinaires d'Adèle Blanc-Sec* (1976), *Le Démon de la Tour Eiffel*, tome 2, Tardi © Éditions Casterman.
Vignette, p. 210 : *Les Aventures extraordinaires d'Adèle Blanc-Sec* (1976), *Le Démon de la Tour Eiffel*, tome 2, Tardi © Éditions Casterman.
Vignette, p. 215 : *Les Aventures extraordinaires d'Adèle Blanc-Sec* (1976), *Adèle et la Bête*, tome 1, Tardi © Éditions Casterman.
Vignette, p. 217 : *Les Aventures extraordinaires d'Adèle Blanc-Sec* (1978), *Momies en folie*, tome 4, Tardi © Éditions Casterman.

Couverture
Conception graphique : Marie-Astrid Bailly-Maître
Visuel : Couramiaud/Laurent Lufroy
Photographie : Magali Bragard

Intérieur
Conception graphique : Marie-Astrid Bailly-Maître
Édition : Anne Demarty
Réalisation : Nord Compo, Villeneuve-d'Ascq

www.magnard.fr
www.classiquesetcontemporains.com

100% PAPIER RECYCLÉ

Achevé d'imprimer en Août 2010 par «La Tipografica Varese S.p.A.», Varese
N° d'éditeur : 2010/452 - Dépôt légal : Août 2010
Imprimé en Italie